林深见鹿

美得窒息的唐诗

陆苏 著
许渊冲 译

英汉对照

长江出版传媒
长江文艺出版社

目录

Contents

一 …… 日丽江山

二 …… 夏日山中

三 …… 情深见故

四 …… 暮鼓晨钟

五 …… 有风如北

六 …… 千山暮雪

第一章

日丽×江山

CHAPTER ONE

The sun is shining
on the beautiful mountains and rivers

钱塘湖春行

［唐］白居易

孤山寺北贾亭西，水面初平云脚低。
几处早莺争暖树，谁家新燕啄春泥。
乱花渐欲迷人眼，浅草才能没马蹄。
最爱湖东行不足，绿杨阴里白沙堤。

On Qiantang Lake in Spring

Bai Juyi

West of Jia Pavilion and north of Lonely Hill,
Water brims level with the bank and clouds hang low.
Disputing for sunny trees, early orioles trill;
Pecking vernal mud in, young swallows come and go.
A riot of blooms begins to dazzle the eye;
Amid short grass the horse hoofs can barely be seen.
I love best the east of the lake under the sky;
The bank paved with white sand is shaded by willows green.

春天，从孤山寺的北面到贾亭的西面，春水初涨，与堤岸齐平，水天相映，如一面天空铺在了湖面上，雪白的云朵触手可及。

早来的黄鹂争着飞到向阳的树上，鸣声那么婉转动听。谁家新来的燕子侧身飞过屋檐，掠过花树，忙着在堂前梁上筑窝衔泥。

络绎不绝的花开让人目不暇接，嫩嫩的春草刚浅浅的没过了马蹄。

最喜欢在湖东流连徜徉，穿过春日迟迟，穿过绿柳成荫的白沙堤。

此诗就像一篇短小精悍的游记，描绘了西湖早春的明媚风光，以及世间万物在春色的沐浴下的勃勃生机，以近乎白描的手法将诗人陶醉于良辰美景的喜悦心情和盘托出。

白居易（772–846 年），字乐天，号香山居士，又号醉吟先生，祖籍山西太原，生于河南新郑。唐代伟大的现实主义诗人，唐代三大诗人之一，有“诗王”“诗魔”的美誉。官至翰林学士、左赞善大夫。他与元稹共同倡导新乐府运动，世称“元白”，与刘禹锡并称“刘白”。代表诗作有《长恨歌》《卖炭翁》《琵琶行》等。著有《白氏长庆集》，共有七十一卷。

春题湖上

［唐］白居易

湖上春来似画图，乱峰围绕水平铺。
松排山面千重翠，月点波心一颗珠。
碧毯线头抽早稻，青罗裙带展新蒲(pú)。
未能抛得杭州去，一半勾留是此湖。

The Lake in Spring

Bai Juyi

What a charming picture when spring comes to the lake!
Amid the rugged peaks water's smooth without a break.
Hills upon hills are green with thousands of pine trees,
The moon looks like a pearl swimming in waves with ease.

Like a green carpet early paddy fields undulate,
New rushes spread out as silk girdle fascinate.
From fair Hangzhou I cannot tear myself away,
On half my heart this lake holds an alluring sway.

湖上，春天的到来如同一幅缓缓落笔湮染的水墨丹青，水面如宣平铺，群峰围湖簇拥。

松树在山上层层叠叠地安排千重翠色，月亮在湖心轻轻点缀了一颗明珠。

碧绿绒毯似的原野上，线头一样冒出来刚抽长的早稻。青绿罗裙似的湖水里，飘带似的舒展着新长的香蒲。

我之所以没能离开杭州去别的地方，一半原因就是舍不得这个湖。

以幽丽华美的笔触，深情款款地勾画出西湖的旖旎风光。此诗是诗人歌咏西湖的最著名的三首七言律诗中的一首，写于离任杭州刺史那年的春天。

杭州春望

［唐］白居易

望海楼明照曙(shǔ)霞，护江堤白踏晴沙。
涛声夜入伍员庙，柳色春藏苏小家。
红袖织绫(líng)夸柿蒂，青旗沽(gū)酒趁梨花。
谁开湖寺西南路，草绿裙腰一道斜。

Spring View in Hangzhou

Bai Juyi

Viewed from the Seaside Tower morning clouds look bright;
Along the riverbank I tread on fine sand white.
The General's Temple hears roaring nocturnal tide;
Spring dwells in the Beauty's Bower green willow hide.

The red sleeves weave brocade broidered with flowers fine;
Blue streamers show amid pear blossoms a shop of wine.
Who opens a southwest lane to the temple scene?
It slants like a silk girdle around a skirt green.

清晨，登望海楼，沐霞光瑰丽，看江水奔流，护江堤上白沙与浪花闪烁如银。

惊心的涛声总在午夜梦回伍公庙，明媚的杨柳春色最爱藏身苏小小家。

巧手的织绫女子将绮丽春光织成了精美纹饰，风雅的酒客在梨花树下浅斟慢饮梨花春酒。

是谁修筑了通向湖寺的西南路，如草绿色的裙腰带在湖面轻轻一斜……

白居易自唐穆宗长庆二年（822 年）秋至长庆四年（824 年）春任杭州刺史，此诗应作于此任期内。诗中对杭州春日景色作了全面的描写，就像用五彩画笔，描摹出工丽雅致的画面，流溢着浓郁活泼的生活情趣。

忆江南

［唐］白居易

江南好，风景旧曾谙。
日出江花红胜火，春来江水绿如蓝。
能不忆江南？

Fair South Recalled

Bai Juyi

Fair Southern shore
With scenes I much adore,
At sunrise riverside flowers more red than fire,
In spring green river waves grow as blue as sapphire.
Which I can't but admire.

江南多么美好啊，那些熟悉的旧日美景始终在眼前在心底浮现。

当太阳从江面升起，那些夹岸而生的花朵在金色阳光照耀下比火焰还红。春天到来时，那江水绿得如蓝草一般醉人心魄。

叫人怎么忍得住不怀念江南？

此诗为白居易六十七岁时所作。为追忆青年时期漫游江南、旅居苏杭所感受到的江南盛景。几十个字就让江南美景跃然眼前，令人欲罢不能。

青溪

［唐］王维

言入黄花川，每逐青溪水。
随山将万转，趣途无百里。
声喧乱石中，色静深松里。
漾漾泛菱（líng）荇（xìng），澄澄映葭（jiā）苇。
我心素已闲，清川澹（dàn）如此。
请留盘石上，垂钓将已矣。

The Blue Stream

Wang Wei

I follow the Blue Rill, to the Stream of Yellow Blooms.
It winds from hill to hill, till far away it looms.
It roars amid pebbles white, and calms down under pines green.
Weeds float on ripples light, reeds mirrored like a screen.
Mind's carefree, alone; the clear stream flows with ease.
I would sit on a stone, to fish whatever I please.

每次进了黄花川，都会被青溪水牵着前行。

青溪在山间百转千回地缱绻，似乎绵延不绝，但其实这一程还不到百里。

当潺潺的溪流在跌宕的乱石间穿行，水声骤急，喧哗一片。当澄碧的溪流经过葱郁的松林，水色树色相映，深绿浅绿氤氲。

看那舒缓的水波荡漾着青绿的水草，看那澄澈的水面倒映着青葱的芦苇。

我的心哪，一向宁静淡泊，就像这清溪一样恬静安然。

请让我留在这溪边的大石上，我要在这里垂钓隐居悠悠闲闲过一生。

诗人归隐时所写。写景抒情清新素雅，却意味隽永醇厚。以颂扬青溪印证自己仕途失意后的淡泊心志。

王维（701 － 761 年，一说 699 － 761 年），字摩诘，汉族，河东蒲州（今山西运城）人，祖籍山西祁县。开元十九年（731 年），状元及第，官至尚书右丞。盛唐诗人的代表，有“诗佛”之称，与孟浩然合称“王孟”。今存诗 400 余首，主要作品为山水诗，通过田园山水的描绘，宣扬隐士生活和佛教禅理。还精通书、画和音乐。

辛夷坞

［唐］王维

木末芙蓉花，山中发红萼（è）。
涧户寂无人，纷纷开且落。

The Magnolia Dale

Wang Wei

The magnolia-tipped trees,
In mountains burst in flowers.
The mute brook-side house sees,
Them blow and fall in showers.

山坞里，一棵叫辛夷的树，每一枚枝条都高举着胭脂红的宛如芙蓉的花朵。

山深林寂，看不到一个人，也听不到车马喧哗。辛夷花呀，纷纷扬扬地盛开，又纷纷扬扬地凋落，自在欢喜地完成一场和春天的美丽邂逅和道别。

在描绘了辛夷花盛开凋落的过程的同时，还隐含了一种境况的落寞。当时作者对现实十分不满而又无能为力，遂在长安附近的终南山下辋川建立别墅，过着亦仕亦隐的生活。

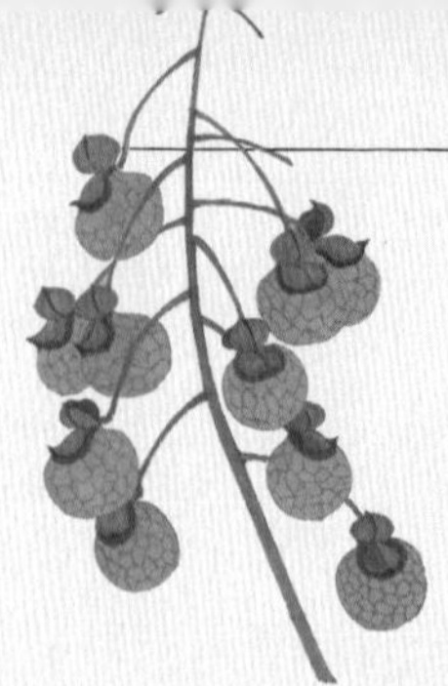

竹里馆

［唐］王维

独坐幽篁（yōu huáng）里，弹琴复长啸。
深林人不知，明月来相照。

The Bamboo Hut

Wang Wei

Sitting among bamboos alone,
I play on lute and croon carefree.
In the deep woods where I'm unknown,
Only the bright moon peeps at me.

一人，一琴，在幽静的竹林深处相对而坐。宫商角徵羽，指间弦上，都是画里留白的好时光。琴声起啸声和，多么自在逍遥。

没有人知道这个好地方，也没人知道我在这里，唯有晚风轻拂过竹梢漏下如雪月光。

全诗有景有情、有声有色、有静有动、有实有虚，对立统一，相映成趣。传达出诗人的闲适生活情趣，和清静安详的精神境界。

兰溪棹歌

[唐] 戴叔伦

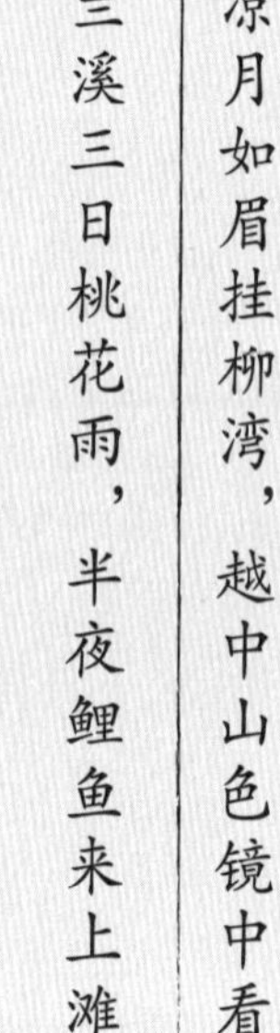
凉月如眉挂柳湾，越中山色镜中看。
兰溪三日桃花雨，半夜鲤鱼来上滩。

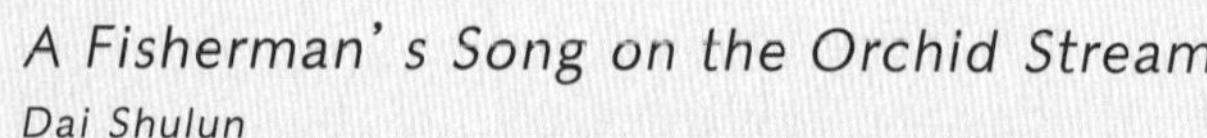
A Fisherman's Song on the Orchid Stream

Dai Shulun

The eyebrow-like cool moon hangs over Willow Bay,
The southern mountains seem in the mirror to sway.
Three days rain's fallen with peach petals on the stream;
At midnight on the beach leap the fish, carp and bream.

兰溪夜行。

一弯蛾眉月，挂在杨柳梢。月下的水面镜子般泛着银亮的光，两岸的山色迤逦倒映，如折子戏般梦幻缥缈。

春雨三日，溪流丰盈，成群结队的鲤鱼啊在夜深人静时溯流而上，撒着欢地纷纷涌上了溪滩，是为了跃龙门吗？

此诗大约是作者于唐德宗建中元年（780年）五月至次年春曾任东阳（今属浙江）令期间所创作的，描写了春夜兰溪江（又称兰江，是富春江的上游支流）边的山水美景和渔民的欢乐心情。

戴叔伦（732-789年），唐代诗人。字幼公，一作次公，又作名融，字叔伦，润州金坛（今江苏常州市金坛区）人。贞元（唐德宗年号，785-805年）年间进士，官至容管经略使。在任期间政绩卓著。他当时的诗名很大。他的诗，题材内容丰富，体裁形式多样，多写隐逸生活。今存诗近三百首，《全唐诗》录其诗二卷。

访戴天山道士不遇

［唐］李白

犬吠水声中，桃花带露浓。
树深时见鹿，溪午不闻钟。
野竹分青霭（ǎi），飞泉挂碧峰。
无人知所去，愁倚两三松。

Calling on a Taoist Recluse in Daitian Mountain without Meeting Him

Li Bai

Dogs' barks are muffled by the rippling brook,
Peach blossoms tinged with dew much redder look.
In the thick woods a deer is seen at times,
Along the stream I hear no noonday chimes.
In the blue haze which wild bamboos divide,
Tumbling cascades hang on green mountainside.
Where is the Taoist gone? None can tell me,
Saddened, I lean on this or that pine tree.

循着水袖似的小径，徐徐入山。

溪水淙淙，夹杂着三两声犬吠，在山间缭绕回响。桃花灼灼，带着露珠，在山道旁、在道观前格外芬芳动人。

树林幽深丰茂，不时有麋鹿欢快地出没，在天光和树影的幻境里忽隐忽现。就这样在溪边流连沉醉，只可惜，正午了，还听不到道观的钟声。

极目远眺，青色的雾霭中满山的野竹被山风吹得微微起伏，一道飞瀑高挂在青碧的山峰。

没有人知道观主去了哪里，我只能惆怅地倚靠着道观外的几棵松树，等了，又等……

此诗是李白二十岁以前在戴天山大明寺中读书时所作，生动形象地再现了道士世外桃源的优美生活境界。

李白（701–762年），字太白，号青莲居士，唐代大诗人。祖籍陇西成纪（今甘肃天水市秦安县）。是屈原之后最具个性特色、最伟大的浪漫主义诗人，被誉为盛唐诗歌艺术的巅峰。有“诗仙”之美名，与杜甫并称“李杜”。诗风雄奇豪放，俊逸清新，语言流转自然，音律和谐多变，富有浪漫主义精神。存世诗文千余篇，有《李太白集》30卷。

自遣

［唐］李白

对酒不觉暝（míng），落花盈我衣。
醉起步溪月，鸟还人亦稀。

Solitude

Li Bai

I'm drunk with wine
And with moonshine,
With flowers fallen o' er the ground
And o' er me the blue-gowned.

Sobered,I stroll along the stream
Whose ripples gleam,
I see no bird
And hear no word.

有花的日子都是吉时良辰。

花下，和朋友，或和馨香的风，一起推杯换盏，不知不觉已是暮色四合，落花满身。

微醺着，月光下，沿着小溪慢慢走着。小鸟回家了，树枝空了；行人越来越少了，夜越来越宽了……

此诗为作者遭贬时的作品，但诗里没有颓废，而是在月亮、花、鸟的自然之美里获得了安宁与解脱，但诗里也隐藏着一种莫名的豁达的悲哀。

早发白帝城

[唐] 李白

朝辞白帝彩云间，千里江陵一日还。
两岸猿声啼不住，轻舟已过万重山。

Leaving the White Emperor Town at Dawn

Li Bai

Leaving at dawn the White Emperor crowned with cloud;
I’ ve sailed a thousand miles through canyons in a day.
With monkeys’ sad adieus the riverbanks are loud;
My skiff has left ten thousand mountains far away.

早上离开彩云缭绕的白帝城，晚上就抵达千里之外的江陵了。

耳听得两岸的猿声此起彼伏，不绝于耳。不知不觉间，轻快的小舟已一阵风似的掠过了万重青山。

此诗是李白在流放途中遇赦返回时所作的一首七言绝句，把遇赦后愉快的心情和江山的壮丽多姿、顺水行舟的流畅轻快融为了一体，随心所欲，浑然天成。

春山夜月

［唐］于良史

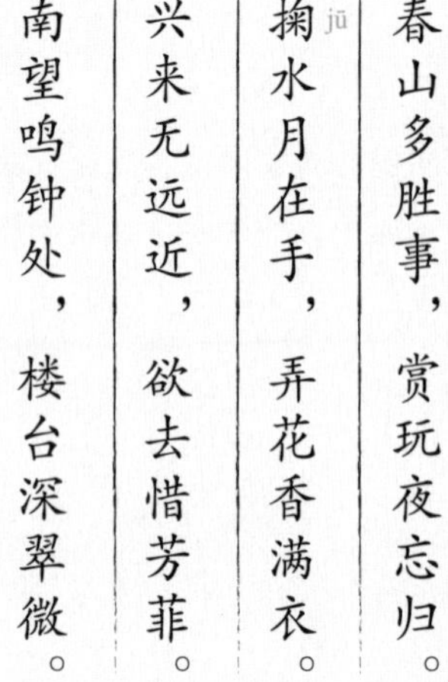

春山多胜事，赏玩夜忘归。
掬（jū）水月在手，弄花香满衣。
兴来无远近，欲去惜芳菲。
南望鸣钟处，楼台深翠微。

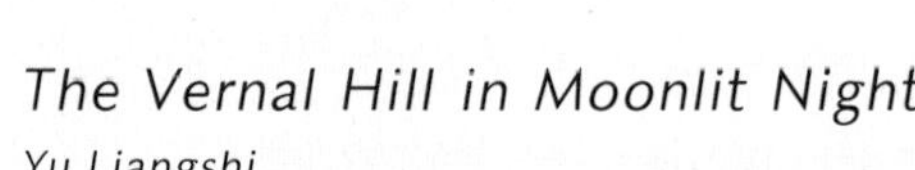

The Vernal Hill in Moonlit Night

Yu Liangshi

How much delight in vernal hill?
Don’t go back but enjoy your fill!
Drinking water, you drink moonbeams:
Plucking flowers, you pluck sweet dreams.
Happy, you would forget the hours;
About to go, you can’t leave flowers.
Looking south where you hear the bell,
You’ ll find green bowers in green dell.

春天的山中有多少美好发生啊，一不小心就玩疯了，不知累不觉天黑也忘了回家。

去小溪掬水时也掬起了水里的月亮，在山坡上采花时醺然的花香不一会儿就染透了重重衣裳。

怜花惜草的人啊，兴致浓时哪里顾得上路近路远，说了走了又舍不得的一次次回头。

风，一程程接来了黄昏的钟声。看那南山上住着钟声的楼台，多像镶嵌在一块深绿的翡翠中。

一幅清幽淡远的春山夜月图，一种悠然自得、纵情山水的畅快心情。全诗既精雕细琢，又出语天成，别具艺术特色。

于良史，唐代诗人。约唐玄宗天宝十五载（756 年）前后在世。官至侍御史。《全唐诗》存其诗七首。

春雪

［唐］韩愈

新年都未有芳华，二月初惊见草芽。
白雪却嫌春色晚，故穿庭树作飞花。

Spring Snow

Han Yu

On vernal day no flowers were in bloom, alas!
In second moon I'm glad to see the budding grass.

But white snow dislikes the late coming vernal breeze,
It plays the parting flowers flying through the trees.

都说正月里是新春了，可还是没有看见一树一树的花开。到了二月，终于惊喜地看见小草长出了嫩芽，在石板缝隙里，在竹篱笆边，在旧瓦下，在任何可以自由生长的泥地上，微微绿着。

雪花却还是嫌这人间春色来得太慢太晚了，特意穿庭过树地翩翩飞舞，让人在恍惚间以为已经是花谢花飞飞满天的盛大春天了。

此诗作于元和十年（815年），当时韩愈在朝任史馆修撰，满心期盼春天，在北方的自然界还没有春色时以文字幻化出一片春色，富有浓烈的浪漫主义色彩。

韩愈（768-824年）字退之，唐代文学家、哲学家、思想家，河阳（今河南省焦作孟州市）人。祖籍河北昌黎，世称韩昌黎。晚年任吏部侍郎，又称韩吏部。谥号“文”，又称韩文公。他与柳宗元同为唐代古文运动的倡导者，明人推他为唐宋八大家之首，与柳宗元并称“韩柳”，有“文章巨公”和“百代文宗”之名。是中国“道统”观念的确立者，是尊儒反佛的里程碑式人物。作品见《昌黎先生集》。

晚春

［唐］韩愈

草树知春不久归，百般红紫斗芳菲。
杨花榆荚（yú jiá）无才思，惟解漫天作雪飞。

Late Spring

Han Yu

The trees and grass know that soon spring will go away;
Of red blooms and green leaves they make gorgeous display.
But willow catkins and elm pods are so unwise,
They wish to be flying snow darkening the skies.

已是晚春，花草树木们知道春天很快就要回去了，翻箱倒柜地把所有的美丽解数都使出来了，一起争芳斗艳，一起万紫千红，一起花团锦簇。

可怜杨花和榆钱没有什么惊艳的私藏，也没有什么才情，实在想不出什么别致的表达喜悦和不舍的方式，憨拙得只知道像雪花一样漫天飞舞。

描述了暮春景色。表达了诗人惜春的心情，同时也蕴含应珍惜时光之意。

江南春

［唐］杜牧

千里莺啼绿映红，水村山郭酒旗风。
南朝四百八十寺，多少楼台烟雨中。

Spring on the Southern Rivershore

Du Mu

Orioles sing for miles amid red blooms and green trees;
By hills and rills wine shop streamers wave in the breeze.
Four hundred eighty splendid temples still remain
Of Southern Dynasties in the mist and rain.

千里江南，无处不莺歌燕舞，红花绿叶春色掩映，水乡山城酒旗缤纷，一缕春风可以酿酒。

拂去香烟缭绕，南朝留下的那么多古寺，如今都在朦胧烟雨中寂美伫立，静默如谜。

唐代诗人杜牧名篇，千百年来素负盛誉。全诗描绘了一幅生动形象、丰富多彩而又有气魄的江南春画卷，呈现出深邃幽美的意境。

杜牧（803－约852年），字牧之，号樊川居士，京兆万年（今陕西西安）人。唐代杰出的诗人、散文家。唐文宗大和二年26岁中进士，授弘文馆校书郎。官终中书舍人。以七言绝句著称，境界特别宽广，寓有深沉的历史感。与李商隐并称“小李杜”。有《樊川文集》二十卷传世，《全唐诗》收其诗八卷。

春夜喜雨

[唐] 杜甫

好雨知时节，当春乃发生。
随风潜入夜，润物细无声。
野径云俱黑，江船火独明。
晓看红湿处，花重锦官城。

Happy Rain on a Spring Night

Du Fu

Good rain knows its time right, it will fall when comes spring.
With wind it steals in night; mute, it wets everything.
Over wild lanes dark cloud spreads; in boat a lantern looms.
Dawn sees saturated reds; the town's heavy with blooms.

一场好雨会自择吉时良辰，会在春天最好的那一刻抵达，不早也不晚。

雨丝乘着温柔的和风悄悄潜入夜的每一个角落，细细地润泽人间万物。

看那乌云藏起了山间的小径，看那渔火画亮了江上的船影。

等到天亮，会看见到处都是刚刚开好的戴着露水的花儿，会看见锦城真的繁花似锦。

这首诗写于唐肃宗上元二年（761 年）春。那时杜甫已在成都草堂定居两年，亲自耕作，种菜养花，诗中，诗境与画境浑然一体，一页春雨，满纸喜悦。

杜甫（712–770 年），字子美。曾任检校工部员外郎，故世称杜工部。是唐代最伟大的现实主义诗人，宋以后被尊为“诗圣”，与李白并称“李杜”。其诗大胆揭露当时社会矛盾。许多优秀作品显示了唐代由盛转衰的历史过程，被称为“诗史”。存诗 1400 多首，有《杜工部集》。

绝句

［唐］杜甫

两个黄鹂鸣翠柳，一行白鹭(lù)上青天。
窗含西岭千秋雪，门泊东吴万里船。

A Quatrain

Du Fu

Two golden orioles sing amid the willows green;
A flock of white egrets fly into the blue sky.
My window frames the snow-crowned western mountain scene;
My door off says to eastward going ships “Goodbye!”

两只黄鹂鸟在翠绿的柳树上相约，用我们听不懂的世上最美妙的语言互诉衷肠。一行雪白的鹭鸟宛如被风的画笔轻轻地画在了无边的天青色上。

那窗外宛如镶嵌在画框里的西岭雪景，千秋不化的白雪皑皑，仿佛时光从此定格。那从东吴远道而来的船，静静泊在门外，似乎从未经历过万里迢迢的风尘坎坷。

早春景象，四句四景，融为一幅明媚动人、生机勃勃的山水画卷。唐代宗广德二年（764年）春，杜甫重归成都草堂时欣然而作。

城东早春

［唐］杨巨源

诗家清景在新春，绿柳才黄半未匀。
若待上林花似锦，出门俱是看花人。

Early Spring East of the Capital

Yang Juyuan

The early spring presents to poets a fresh scene:
The willow twigs half yellow and half tender green.
When the Royal Garden's covered with blooming flowers,
Then it would be the visitors' busiest hours.

刚刚抵达的春天，景色清新如洗，是诗人的最爱。柳树上嫩叶初萌，还没来得及将鹅黄浅绿抹匀。

等到了上林苑繁花似锦时，满城都将是熙熙攘攘的赏花人。

此诗约为杨巨源在唐代京城长安任职期间所作，看似不经意的描述中深藏了诗人对早春景色的热爱。

杨巨源（755－？），唐代诗人，字景山，后改名巨济。河中治所（今山西永济）人。贞元五年（789 年）进士。《全唐诗》辑录其诗 1 卷。

春晓

［唐］孟浩然

春眠不觉晓，处处闻啼鸟。
夜来风雨声，花落知多少。

A Spring Morning

Meng Haoran

This spring morning in bed I'm lying,
Not to awake till birds are crying.

After one night of wind and showers,
How many are the fallen flowers!

春天的夜晚总觉得不够长，还不够梦见天就亮了。无论在哪里醒来，都醒在无处不在的小鸟的鸣叫声里。

昨夜风声叠着雨声，梦里梦外铺排了一晚，那满树开得正好的花不知落了多少……

此诗为孟浩然隐居在鹿门山时所作，描述了春天早晨醒来时对春风、春雨、春花和鸟声的美好想象，抒发了珍惜春光的心情。

孟浩然（689–740 年），唐代诗人。本名不详（一说名浩），字浩然，襄州襄阳（今湖北襄阳）人，世称“孟襄阳”。盛唐山水田园诗派的第一人，“兴象”创作的先行者，与另一位山水田园诗人王维合称为“王孟”。孟浩然的诗风清淡自然，主张作诗不必受近体格律的束缚，应当“一气挥洒，妙极自然”，还提倡诗歌要有弦外之音，象外之旨。著诗二百余首。

咏柳

［唐］贺知章

碧玉妆成一树高，万条垂下绿丝绦tāo。
不知细叶谁裁出，二月春风似剪刀。

The Willow

He Zhizhang

The slender beauty's dressed in emerald all about,
A thousand branches droop like fringes made of jade.
But do you know by whom these slim leaves are cut out?
The wind of early spring is sharp as scissor blade.

高高的柳树多像是碧玉装饰而成，低垂摇曳的柳枝犹如千万条绿色的丝带从天而降。

是谁的剪刀裁出了那么多那么细长精美的柳叶？二月春风。

说柳树之美，说春风之趣。极其清新的诗风，极其丰富的想象力。

贺知章（659—744 年），唐代著名诗人，字季真，自号四明狂客，越州永兴（今浙江杭州萧山区）人。为人旷达不羁，有“清谈风流”之誉。与大部分郁郁不得志的诗人不同，他是唐朝武则天时期的状元，年少成名，当过礼部侍郎和工部侍郎，直到八十多岁才告老回乡。《全唐诗》存诗十九首。诗虽存世不多，但流传甚广。其写景之作，清新通俗，无意求工而有新意。

滁州西涧

[唐] 韦应物

独怜幽草涧边生，上有黄鹂深树鸣。
春潮带雨晚来急，野渡无人舟自横。

On the West Stream at Chuzhou

Wei Yingwu

Alone, I like the riverside where green grass grows
And golden orioles sing amid the leafy trees.
When showers fall at dusk, the river overflows;
A lonely boat athwart the ferry floats at ease.

唯独喜欢生长在涧边的幽幽芳草，还有黄鹂鸟在繁茂的枝叶间的婉转鸣叫。

春潮和夜雨一起来时涧水突然湍急，没有人的野渡口，只见一叶小船在暮色里悠闲地横在水面上。

平常的景物，经诗人的点染，成了一幅意境幽深的有韵之画。诗中蕴含了恬淡的胸襟和对自己怀才不遇的忧伤情怀。

韦应物（737–792年），唐朝长安（今陕西西安）人。其诗多写山水田园，清丽闲淡，和平之中时露幽愤之情。后人以“王孟韦柳”并称。是中唐艺术成就较高的诗人。今传有10卷本《韦江州集》、两卷本《韦苏州诗集》、10卷本《韦苏州集》。散文仅存一篇。

早春桂林殿应诏

［唐］上官仪

步辇（niǎn）出披香，清歌临太液。
晓树流莺满，春堤芳草积。
风光翻露文，雪华上空碧。
花蝶来未已，山光暖将夕。

Early Spring in Laurel Palace

Shangguan Yi

The royal cab leaves palace hall
For poolside garden’mid sweet songs.
The trees are loud with orioles’ call;
On vernal shore grass grows in throngs.
The breeze can write with morning dew;
Neath blue sky flowers bloom like snow.
Butterflies come now and anew;
The hills are warmed by evening glow.

晨光熹微。华美的步辇出了披香殿，一朵云似的飘去了太液池。步辇落地，轻歌曼舞四起。

黄莺鸟还在树上休息，早起的春草已如绿水一寸寸漫过了长堤。

风吹动草木泛出了闪烁的光亮，花叶间忽隐忽现的露珠如稍纵即逝的密文。从天而降的雪花美得像梦一样，看久了却觉得雪花像要重新飞回碧蓝的天上。

翩翩的彩蝶还在络绎不绝地赶来的路上，暖暖的夕阳已经快要爬上山冈。

此诗是一首典型的应制唱和诗，但不流于旧俗，以清新自然的笔调对桂林殿早春的美好氛围进行了精描细绘。

上官仪（约608–665年），唐代大臣、诗人。字游韶，陕州陕县（今属河南）人。贞观进士。诗多应制、奉和之作，婉媚工整，但在接受传统的艺术变化中融进了自身的创作体验，进一步提高了宫廷诗歌的审美功能，使之达到了一个全新的艺术境界，时称“上官体”。又归纳六朝以来诗歌中对仗方法，提出“六对”、“八对”之说，对律诗的形成颇有影响。原有诗集已失传。

渔翁

［唐］柳宗元

渔翁夜傍西岩宿，晓汲（jí）清湘燃楚竹。
烟销日出不见人，欸（ǎi）乃一声山水绿。
回看天际下中流，岩上无心云相逐。

A Fisherman

Liu Zongyuan

Under western cliff a fisherman passes the night;
At dawn he makes bamboo fire to boil water clean.
Mist clears off at sunrise but there's no man in sight;
Only the fisherman's song turns hill and rill green.
He goes down mid-stream and turns to look on the sky.
What does he see but clouds freely wafting on high.

傍晚，渔翁将船靠拢西山，择一静流处系绳停宿。晨起，汲清亮江水，取岸上楚竹，生火做饭。炊烟袅袅，晨雾蔼蔼，温馨在碗，静美在怀。

太阳一出来江上的晨雾就散了，四周悄无人声。突然传来桨声欸乃，山水顿绿，应声而出。船行江上，如穿行迤逦画廊间。

回望天边，江水滚滚，渔船由中流随波逐流而下。抬头看山，白云悠悠，一朵云追着一朵云，无心无念自由自在。

就像一幅飘逸的风情画，充满了色彩和动感，境界奇妙动人。被誉为柳宗元最美的一首山水小诗。“烟销日出不见人，欸乃一声山水绿”极为后人称道。

柳宗元（773–819年），字子厚，唐代河东（今山西运城）人，杰出文学家、哲学家、儒学家乃至成就卓著的政治家。唐宋八大家之一。与韩愈同为中唐古文运动的倡导者，并称“韩柳”。其诗风格清峭，与刘禹锡并称“刘柳”，与王维、孟浩然、韦应物并称“王孟韦柳”。在中国文化史上，其诗、文成就均极为杰出，可谓一时难分轩轾。著名作品有《永州八记》等六百多篇文章，经后人辑为四十五卷，名为《柳河东集》。

望洞庭

［唐］刘禹锡

湖光秋月两相和，潭面无风镜未磨。
遥望洞庭山水翠，白银盘里一青螺。

Lake Dongting Viewed from Afar

Liu Yuxi

The autumn moon dissolves in soft light of the lake,
Unruffled surface like an unpolished mirror bright.
Afar, the isle amid water clear without a break
Looks like a spiral shell in a plate silver-white.

秋夜，月亮高挂在洞庭湖上，水光辉映着月光，和谐安宁。没有一丝风经过，也没有桨声经过，沉静的湖面如一面未磨的铜镜。

洞庭湖的山水苍翠。远远地看，那山，那水，宛如一个白银的盘子里托着一青螺。

描绘了秋夜月光下洞庭湖的优美景色，尽显诗人对大自然的珍爱之意。

刘禹锡（772–842年），唐代文学家、哲学家。字梦得，洛阳（今属河南）人。其诗通俗清新，善用比兴手法寄托政治内容。《竹枝词》、《杨柳枝词》和《插田歌》等组诗，富有民歌特色，为唐诗中别开生面之作。有《刘梦得文集》。

第二章

夏日×山中

CHAPTER TWO

Summer is in the beautiful mountains and woods

望天门山

［唐］李白

天门中断楚江开，碧水东流至此回。
两岸青山相对出，孤帆一片日边来。

Mount Heaven' s Gate Viewed from Afar

Li Bai

Breaking Mount Heaven's Gate, the great River rolls through;
Green billows eastward flow and here turn to the north.
From both sides of the River thrust out the cliffs blue;
Leaving the sun behind,a lonely sail comes forth.

远远望去，天门山像被长江拦腰撞开，浩浩荡荡东来的江水在这里突然转身改变了方向。

两岸的青山夹江而迎，一叶孤舟顺流扬帆，好像从天边飞速飘来。

唐玄宗开元十三年（725 年），二十五岁的李白初出巴蜀，乘船途中初次经过天门山时写了此诗。全诗通过对天门山神奇壮丽景象的描述，展示了作者乐观豪迈、自由洒脱的精神风貌。

独坐敬亭山

［唐］李白

众鸟高飞尽，孤云独去闲。
相看两不厌，只有敬亭山。

Sitting Alone in Face of Peak Jingting

Li Bai

All birds have flown away, so high;
A lonely cloud drifts on, so free.
Gazing on Mount Jingting, nor I
Am tired of him, nor he of me.

山里所有的小鸟都飞走了，天空中唯一的云也独自飘走偷闲去了，多么孤绝的安静。

我坐着不动，它也不动。我看它不够，它也看我不厌。默然相对，寂静欢喜。唯有敬亭山。

此诗写独游敬亭山的情趣，却深藏诗人生命历程中遭逢的不如意和由此而生的旷世的孤独感。

清溪行

［唐］李白

清溪清我心，水色异诸水。
借问新安江，见底何如此？
人行明镜中，鸟度屏风里。
向晚猩猩啼，空悲远游子。

Song of the Clear Stream

Li Bai

The Clear Stream clears my heart;
Its water flows apart.
I ask the River New,
“Why transparent are you? ”
On mirror bright boats hie;
Between the screens birds fly.
At dusk the monkeys cry;
In vain the wayfarers sigh.

唯有清溪，能让我的心清澈宁静，见了这里的水色别的再好都不算什么了。

就算是新安江，就算水清见底又哪里比得过它呢？

人在溪中行犹如掠过一面初磨铜镜，鸟在溪上飞犹如穿越一面新画屏风。

只是啊，天色将晚时猩猩的啼叫声四起，让远行的游子徒增了乡愁和悲情。

描述清溪水色的清澈，寄托诗人喜清厌浊的情怀，以及诗人内心因远离家乡、思念家乡的孤寂、落寞和难以言传的抑郁悲伤之情。

望庐山瀑布

［唐］李白

日照香炉生紫烟，遥看瀑布挂前川。
飞流直下三千尺，疑是银河落九天。

The Waterfall in Mount Lu Viewed from Afar

Li Bai

The sunlit Censer Peak exhales incense-like cloud;
Like an upended stream the cataract sounds loud.
Its torrent dashes down three thousand feet from high,
As if the Silver River fell from the blue sky.

远远地看，阳光下的香炉峰升起了袅袅紫烟，雪白的瀑布如一条长河悬挂在山前。

流水飞身而下似乎有三千尺，莫非是银河从九重天突然跌落在了山崖间。

诗人笔下想象丰富，气势恢宏；诗人诗里感情丰富，炽烈似江河奔腾，清新似云卷风清。

峨眉山月歌

［唐］李白

峨眉山月半轮秋，影入平羌qiāng江水流。
夜发清溪向三峡，思君不见下渝州。

The Moon over Mount Brow

Li Bai

The crescent moon looks like old Autumn's golden brow;
Its deep reflection flows with limpid water blue.
I' ll leave the town on Clear Stream for the Three Gorges now.
O Moon, how I miss you when you are out of view!

秋夜，在峨眉山上看峨眉月，在平羌江的流水里看月亮的影子，见月如你。

乘着小船，乘着月色，连夜从清溪出发去三峡。那么想你却终是不能相见，只好继续向着渝州前行。

山一重，水一重，念一重，想一重……

这是李白初次出四川时写的一首依恋家乡山水的诗，通过山月和江水展现了一幅千里蜀江行旅图，语言自然流畅，构思新颖精巧，意境清朗秀美，充分显示了青年李白的艺术天赋。

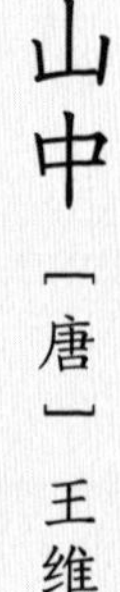

山中

［唐］王维

荆jīng溪白石出，天寒红叶稀。

山路元无雨，空翠湿人衣。

In the Hills

Wang Wei

White pebbles hear a blue stream glide;
Red leaves are strewn on cold hillside.
Along the path no rain is seen,
My gown is moist with drizzling green.

荆溪的水越流越细，露出了原本深藏在水底的白色的鹅卵石。天气越来越冷，山上的红叶一天天的少了。

山间小路上原本没有下雨，是因为山上的草木苍翠欲滴，似乎那浓稠的翠色会打湿了路人的衣裳。

诗人寥寥几笔勾勒出丰富的山中冬景。全诗意境空蒙，如梦如幻。诗风清新明快。

终南山

［唐］王维

太乙近天都，连山接海隅yú。
白云回望合，青霭ǎi入看无。
分野中峰变，阴晴众壑hè殊。
欲投人处宿，隔水问樵夫。

Mount Eternal South

Wang Wei

The highest peak scrapes the sky blue; it extends from hills to the sea.
When I look back, clouds shut the view; when I come near, no mist I see.
Peaks vary in north and south side; vales differ in sunshine or shade.
Seeking a lodge where to abide, I ask a woodman when I wade.

终南山高得好像挨着了天庭，山峦绵延不绝又好像要与海相连。

在山中前行，缭绕的云雾被路分向了两边。回头望去，刚刚分开的白云又在身后弥漫着合拢，藏起了所有的景物。云尽，山岚又起，似乎触手可及，到了眼前又四散如烟，倏忽不见。

终南山的中央主峰把东西隔开，当阳光普照群山，沟沟壑壑各有颜色深浅、各有风物不同，煞是壮观。

我想找户人家投宿，隔着溪涧，向一个打柴的樵夫大声询问。我们一问一答的声音在山间一遍遍回响，传得很远、很远……

这首诗大概是诗人隐居终南山期间的作品。全诗写景、写人、写物，有声有色，意境清新。作为诗人兼画家的王维，只用四十个字的一首五言律诗，为偌大一座终南山传神写照。

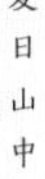

山居秋暝(míng)

［唐］王维

空山新雨后，天气晚来秋。
明月松间照，清泉石上流。
竹喧归浣(huàn)女，莲动下渔舟。
随意春芳歇，王孙自可留。

Autumn Evening in the Mountains

Wang Wei

After fresh rain in mountains bare,
Autumn permeates evening air.
Among pine trees bright moonbeams peer;
Over crystal stones flows water clear.
Bamboos whisper of washer-maids;
Lotus stirs when fishing boat wades.
Though fragrant spring may pass away,
Still here's the place for you to stay.

微凉，雨后，空寂的山间秋意渐浓。

莹白的月光照进墨绿的松林和夜晚，清冽的山泉在山石上淙淙而流，如一匹素缎闪闪发亮。

竹林里洗衣回来的女子突然带来欢歌笑语的喧哗；荷塘里渔舟陡然经过拂开了莲叶轻摇的路一行。

那些春天的芳菲就任它随风而逝吧，这山中静美的秋色已足以让人百般流连。

诗人隐居终南山下辋川别业（别墅）时所作。写初秋时节山居所见雨后黄昏的景色，于诗情画意之中寄托着诗人高洁的情怀和对理想境界的追求。为千古传诵山水名篇。

溪居

［唐］柳宗元

久为簪(zān)组累，幸此南夷谪(zhé)。
闲依农圃(pǔ)邻，偶似山林客。
晓耕翻露草，夜榜响溪石。
来往不逢人，长歌楚天碧。

Living by the Brookside

Liu Zongyuan

Tired of officialdom for long,
I'm glad to be banished southwest.
At leisure I hear farmer's song;
Haply I look like hillside guest.
At dawn I cut grass wet with dew;
My boat comes o' er pebbles at night.
To and fro there's no man in view;
I chant till southern sky turns bright.

那么久以来都为功名所累，好庆幸这次因贬得福来到这南方清静之地，像一阵风终于回归山林的自在和欢喜。

闲来无事，就和农田菜圃为邻，种种菜，锄锄草，做个愉快的农民。偶尔又去山里隐居，远离人间烟火，像个逍遥的隐士。

鸟语花香的早晨踏着露水去田间耕作。万籁俱寂的夜晚划着船去聆听溪水和溪石的喁喁细语。

多么自由自在，来来去去都不会遇到人，也不用费心逢迎人，只要自己愿意，随时可以抬头放声高歌，也可以低头沉默不语。

此诗看似写溪边生活的惬意自适，其实是将被贬的郁愤之情隐晦写出。全诗清丽简练，含蓄深沉，意在言外，耐人寻味。

雨后晓行独至愚溪北池

［唐］柳宗元

宿云散洲渚 zhǔ，晓日明村坞 wù。
高树临清池，风惊夜来雨。
予心适无事，偶此成宾主。

The Northern Pool Visited Alone after the Rain at Dawn

Liu Zongyuan

Over the islets disperse clouds of last night,
The rising sun makes poolside village bright.
A tall tree overlooks the water clear;
Raindrops fall, startled by the wind severe.
Unoccupied, my mind is just carefree;
By chance the tree plays host to welcome me.

夜雨后。

晨光如线，穿过云的缝隙，绣亮了村庄，绣醒了炊烟。

突然一阵风，惊落了昨晚躲在池塘边大树上的雨滴，银亮珠子般落入琉璃的水面。

我的心里正好没有烦心事，与此情此景相对正好如客人和主人，相见甚欢。

此诗作于元和五年（810年），是柳宗元被贬永州司马的第五年。以描绘雨霁云销的明丽图景，预示诗人心中那份乌云终会散去，光明终将来临的坚定的信念。

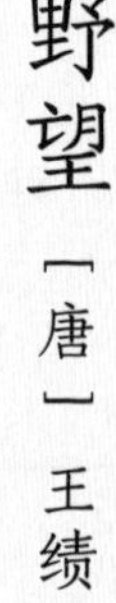

野望

［唐］王绩

东皋gāo薄暮望，徙xǐ倚欲何依。
树树皆秋色，山山唯落晖。
牧人驱犊dú返，猎马带禽归。
相顾无相识，长歌怀采薇。

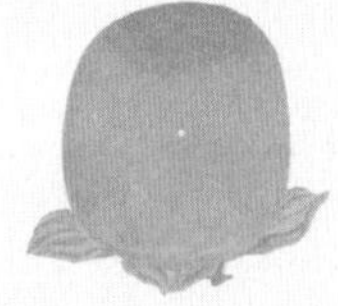

A Field View

Wang Ji

At dusk with eastern shore in view, I stroll but know not where to go.
Tree on tree tinted with autumn hue, hill on hill steeped in sunset glow.
The shepherd drives his herd homebound; the hunter loads his horse with game.
There is no connoisseur around; I can but sing of hermits' name.

夕阳下，在东皋村头怅立张望，不知道哪里是可以归依的地方。

每一棵树都换好了秋天的颜色，每一座山上都落满了金色的夕阳。

放牧的人赶着牛群欢快地走在回家路上，猎人骑着马带着猎物满意而归。

茫然四顾，没有一个熟悉的、可以说说话的人，我只有追怀隐逸山林采薇的古人聊以自慰了。

此诗大约作于诗人辞官隐居东皋（在今山西河津）之时。是王绩的代表作，也是现存唐诗中最早的一首格律完整的五言律诗。在闲逸的情调中，带着几分彷徨、孤独之意。

王绩（585–644 年），字无功，绛州龙门（今山西河津）人。常居东皋，号东皋子。性简傲，嗜酒，能饮五斗，自作《五斗先生传》，撰《酒经》《酒谱》。后世公认为他是五言律诗的奠基人，为开创唐诗做出了重要贡献，在中国的诗歌史上，具有非常重要的地位。他的山水田园诗朴素自然，意境浑厚。原有集，已散佚，后人辑有《东皋子集》。

晚泊浔阳望庐山

［唐］孟浩然

挂席几千里，名山都未逢。
泊(bó)舟浔阳郭，始见香炉峰。
尝读远公传，永怀尘外踪。
东林精舍近，日暮空闻钟。

Mount Lu Viewed from Xunyang at Dusk

Meng Haoran

For miles and miles I sail and float; high famed mountains are hard to seek.
By riverside I moor my boat, then I perceive the Censer Peak.
Knowing the hermit's life and way. I love his solitary dell.
His hermitage not far away, I hear at sunset but the bell.

几千里扬帆远行，一路上掠过烟波浩渺经过青山无数，居然没有遇到一座名山。

终于在泊船停靠浔阳城外时，看见了非同一般的香炉峰。

曾经读过在香炉峰修行的高僧慧远的传记，他远离尘俗的踪迹一直让我心存怀想。

此刻，夕阳西下，东林精舍近在眼前，却已是钟声空鸣，心惘然。

开元二十一年（733 年），孟浩然还乡路上途经九江，晚泊浔阳，眺望庐山所发思古幽情。此诗流露出诗人对隐逸生活的向往和企图超脱尘世的思想。

宿建德江

［唐］孟浩然

移舟泊烟渚（zhǔ），日暮客愁新。

野旷天低树，江清月近人。

Mooring on the River at Jiande

Meng Haoran

My boat is moored near an isle in mist gray;

I'm grieved anew to see the parting day.

On boundless plain trees seem to touch the sky;

In water clear the moon appears so nigh.

天渐黑，缓缓将船停靠在烟雾朦胧的沙洲，人在旅途的离绪在夜色里似乎又添了新愁。

旷野茫茫，远处的天空似乎弯腰与树相连相拥。江水清清，天上的月亮好像俯身与人相偎相依。

此诗作于唐玄宗开元十八年（730年）孟浩然仕途失意漫游吴越之际，情景相生、思与境谐，显示出一种风韵天成、淡中有味、含而不露的艺术美。

白云一片去悠悠，青枫浦pǔ上不胜愁。
谁家今夜扁舟子？何处相思明月楼？
可怜楼上月徘徊，应照离人妆镜台。
玉户帘中卷不去，捣衣砧zhēn上拂还来。
此时相望不相闻，愿逐月华流照君。
鸿雁长飞光不度，鱼龙潜跃水成文。
昨夜闲潭梦落花，可怜春半不还家。
江水流春去欲尽，江潭落月复西斜。
斜月沉沉藏海雾，碣jié石潇湘无限路。
不知乘月几人归，落月摇情满江树。

春江花月夜

【唐】张若虚

春江潮水连海平，海上明月共潮生。
滟滟yàn随波千万里，何处春江无月明！
江流宛转绕芳甸，月照花林皆似霰xiàn；
空里流霜不觉飞，汀上白沙看不见。
江天一色无纤xiān尘，皎皎jiǎo空中孤月轮。
江畔何人初见月？江月何年初照人？
人生代代无穷已，江月年年只相似。
不知江月待何人，但见长江送流水。

The Moon over the River on a Spring Night

Zhang Ruoxu

In spring the river rises as high as the sea.
And with the river's tide uprises the moon bright.
She follows the rolling waves for ten thousand li;
Where' er the river flows, there overflows her light.
The river winds around the fragrant islet where ,
The blooming flowers in her light all look like snow.
You cannot tell her beams from hoar frost in the air.
Nor from white sand upon the Farewell Beach below.
No dust has stained the water blending with the skies;
A lonely wheel-like moon shines brilliant far and wide.
Who by the riverside did first see the moon rise?
When did the moon first see a man by riverside?
Many generations have come and passed away;
From year to year the moons look alike, old and new.
We do not know tonight for whom she sheds her ray,
But hear the river say to its water adieu,
Away, away is sailing a single cloud white;
On Farewell Beach are pining away maples green.
Where is the wanderer sailing his boat tonight?
Who, pining away, on the moonlit rails would lean?
Alas! The moon is lingering over the tower;
It should have seen her dressing table all alone.
She may roll curtains up, but light is in her bower;
She may wash, but moonbeams still remain on the stone.

当一江春水与一面大海邂逅，当一轮明月与一列海潮相遇，当柔情缱绻与激情澎湃相拥。

月光如白银的长卷在江面绵延，千里万里江水迤逦，万里千里明月相随。

江水在花草繁茂的两岸间静流宛转，月光照着素白的林花晶莹若雪珠子走过林间。

看那月色如霜，就算真的霜飞也如月光飞扬。看那月光落在白色的沙洲上，风难分，云难辨。

看那夜空如一卷刚轻轻铺好的素宣，除了一轮明月，没有一丝云彩着墨，也不见一粒尘埃落款。

到底是什么人在江边初次见了月亮，江上的月亮又是哪一年初次照见了江边看月亮的人。

人世间的悲欢离合代代更迭无穷无尽，江上的月亮却循环往复年年重来。

月亮在天上寸步不挪，不知道在等谁无怨无悔。江水静默着不停地奔流，一直向前头也不回。

出门的游子像一片浮云悠然渐远，剩下思念的女子在青枫浦徘徊哀怨。

谁家有人今晚泛舟欣然出行？什么地方有人在明月下的高楼里相思叹息？

可怜楼上的月光清静祥和，一片无言的清欢，照着合家欢的饭桌，也照着离人的妆台。

月光照亮了门帘，但无法和门帘一起卷走。月光照在捣衣砧上，掸了还来。

She sees the moon, but her husband is out of sight;
She would follow the moonbeams to shine on his face.
But message-bearing swans can't fly out of moonlight,
Nor letter-sending fish can leap out of their place.
He dreamed of flowers falling o' er the pool last night;
Alas! Spring has half gone, but he can't homeward go.
The water bearing spring will run away in flight;
The moon over the pool will in the west sink low.
In the mist on the sea the slanting moon will hide;
It's a long way from northern hills to southern streams.
How many can go home by moonlight on the tide?
The setting moon sheds o' er riverside trees but dreams.

《春江花月夜》的作者张若虚一生仅留下两首传世之作，除了这首《春江花月夜》，另一首是《代答闺梦还》。《春江花月夜》，全诗共三十六句，每四句一换韵，通篇融诗情、画意、哲理为一体，意境空明，想象奇特，语言自然隽永，韵律宛转悠扬，洗净了六朝宫体的浓脂腻粉，具有极高的审美价值，素有“孤篇盖全唐”之誉。

此刻，相互遥望却无法执手相看，多希望随着月光去给你照亮，陪你落子，为你研墨。

鸿雁不停地飞也飞不出无边的月光，鱼龙在水里跳跃潜游激起了阵阵波澜。多少百转千回的思念，无法托付飞传。

昨夜梦见落花缤纷铺满了幽静的水潭，可惜春天都过去一半了，我还不能回家看看。

江水渐渐送走了春光，水潭上的月亮又慢慢西斜。一年年的花开花落，一夜夜的月圆月缺，这寂静沧桑却总如初见的人间。

月亮侧身可慢慢藏入海雾，碣石与潇湘南北相望却遥不可及。

不知有几人能乘着这月光的车船回家，只见那渐落的月亮把思念的光芒洒满了江边的树林，和做梦都想狂奔而去的方向。

张若虚，唐代诗人。扬州（今属江苏）人。生卒年、字号均不详。事迹略见于《旧唐书·贺知章传》。唐中宗神龙年间，以文辞俊秀驰名于京都，与贺知章、张旭、包融并称“吴中四士”。唐玄宗开元时尚在世。《全唐诗》仅存其诗二首，而这首《春江花月夜》又是最著名的一首，它号称以“孤篇横绝全唐”，奠定了张若虚在唐代文学史的不朽地位。

寻隐者不遇

［唐］贾岛

松下问童子，言师采药去。
只在此山中，云深不知处。

For an Absent Recluse

Jia Dao

I ask your lad beneath a pine.
"My master has gone for herbs fine.
He stays deep in the mountain proud,
I know not where, veiled by the cloud."

松树下，向学童打听消息，说是师傅进山采药去了。

还说，就在这座山里，可山里白云深深，谁也不知道他在哪片云里，不必寻，只需等。

全诗遣词通俗清丽，言繁笔简，情深意切，白描无华，是一篇难得的言简意丰之作。

贾岛（779–843年），唐代诗人。字阆仙，一作浪仙。范阳（今河北涿州市）人。初落拓为僧，名无本，后还俗，屡举进士不第。曾任长江（今四川蓬溪）主簿，人称贾长江。也许因长年生活在穷苦潦倒之中，其诗喜写荒凉枯寂之境，颇多寒苦之辞。以五律见长，注意词句锤炼，刻苦求工。与孟郊齐名，有“郊寒岛瘦”之称。有《长江集》。

暮江吟

［唐］白居易

一道残阳铺水中，半江瑟瑟半江红。
可怜九月初三夜，露似真珠月似弓。

Sunset and Moonrise on the River

Bai Juyi

The departing sunbeams pave a way on the river;
Half of its waves turn red and the other half shiver.
How I love the third night of the ninth moon aglow!
The dewdrops look like pearls, the crescent like a bow.

铺一卷夕阳在江上，半江归了嫣红半江归了碧绿。

最可爱的是九月初三的夜晚，草叶上露水如珍珠云集，天幕上镶了一弯如弓新月。

此诗大约是长庆二年（822年）白居易在赴杭州任刺史的途中所写。当时朝廷政治昏暗，作者远离朝廷后心情轻松畅快，运用了新颖巧妙的比喻，创造出和谐、宁静的诗歌意境。

问刘十九

［唐］白居易

绿蚁新醅酒，红泥小火炉。
晚来天欲雪，能饮一杯无？

Requesting Mr.Liu,the Nineteenth

Bai Juyi

My new brew gives green glow;
My red clay stove flames up.
At dusk it threatens snow.
Won't you come for a cup?

淡绿的米酒刚刚酿好，红泥的小火炉已烧得暖暖的，晚上要下的雪好像也已经等在路口了。就问你一句，良宵如此，要不要来寒舍小饮一杯或一醉方休？

此诗是白居易晚年隐居洛阳时所作。全诗寥寥二十字，语浅情深，言短味长。描写诗人在一个风雪欲来的傍晚邀请朋友前来喝酒的情景。诗以如叙家常的语气，朴素亲切的语言，真诚，温暖。

次北固山下

［唐］王湾

客路青山外，行舟绿水前。
潮平两岸阔，风正一帆悬。
海日生残夜，江春入旧年。
乡书何处达？归雁洛阳边。

Passing by the Northern Mountains

Wang Wan

My boat goes by green mountains high,
And passes through the river blue.
The banks seem wide at the full tide;
A sail with ease hangs in soft breeze.
The sun brings light born of last night;
New spring invades old year which fades.
How can I send word to my friend?
Homing wild geese, fly westward please!

沿着连绵的青山一路跋涉，迎着碧绿的江水一路行船。

潮水涨平了江面，两岸愈见宽阔。江风扶正了船帆，船行愈加平和。

夜色未尽，海上已是旭日初升。旧岁尚存，江上已是春意盎然。

写了家书，怎么送达呢？鸿雁北归时，应该会经过故乡洛阳。

描述了诗人在北固山下停泊时所见到青山绿水、潮平岸阔等壮丽之景，抒发了深深的思乡之情。

王湾（约693－约751年），字号不详，唐代诗人，洛阳（今河南洛阳）人。玄宗先天年间（712年）进士及第。《全唐诗》存其诗十首，其中最出名的是《次北固山下》。

商山早行

[唐] 温庭筠

晨起动征铎(duó)，客行悲故乡。

鸡声茅店月，人迹板桥霜。

槲(hú)叶落山路，枳(zhǐ)花明驿墙。

因思杜陵梦，凫(fú)雁满回塘。

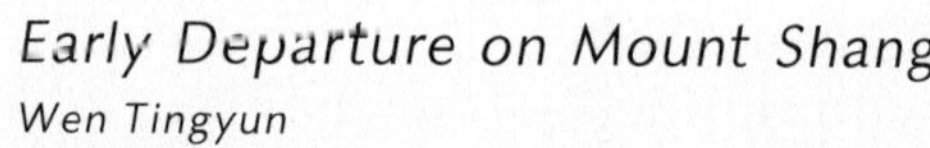

Early Departure on Mount Shang

Wen Tingyun

At dawn I rise and my cab bells begin
To ring, but in thoughts of home I am lost.
The cock crows as the moon sets over thatched inn;
Footprints are left on wood bridge paved with frost.
The mountain path is covered with oak leaves;
The post house bright with blooming orange trees.
The dream of my homeland still haunts and grieves
With mallards playing on the pool with geese.

一早起身，门外已响起车马出行的铃铛声。一路前行，一路思念故乡。

鸡刚叫，月亮还挂在茅草店的屋顶上，落了霜的板桥上已经有行人的足迹了。

凋落的槲树叶铺满了荒寂的山路，素白的枳花明亮了驿站的围墙。

不由得想起昨夜梦里的故乡，野鸭和大雁落满了田间林边的湖塘。

此诗当是诗人离开长安赴襄阳经过商山时所作。“客行悲故乡”的情怀，引起读者强烈的情感共鸣。

温庭筠（约812–866年）唐代诗人、词人。本名岐，字飞卿，太原祁（今山西祁县东南）人。与李商隐齐名，时称“温李”。其词艺术成就在晚唐诸词人之上，为“花间派”首要词人。在词史上，与韦庄齐名，并称“温韦”，对词的发展影响较大。存词七十余首。有《温飞卿集笺注》及《金奁集》。

忆扬州

［唐］徐凝

萧娘脸薄难胜泪，桃叶眉头易觉愁。
天下三分明月夜，二分无赖是扬州。

To One in Yangzhou

Xu Ning

Your bashful face could hardly bear the weight of tears;
Your long, long brows would easily feel sorrow nears.
Of all the moonlit nights on earth when people part,
Two-thirds shed sad light on Yangzhou with broken heart.

扬州的女子羞怯腼腆，脸上藏不住眼泪，眉梢上也藏不住忧愁。

如果天下最美的明月之夜分为三份，那两份毫无疑义就是在扬州。

这分明是一首怀人诗，但标题却偏说怀地。诗人用“无赖”之“明月”写尽了心底的珍爱和怀念，也使诗歌产生令人惊叹的艺术效果。

徐凝（生卒年不详），睦州（今浙江建德）人。唐宪宗元和年间（806-820年）有诗名。《全唐诗》存其诗一卷。

第三章

情深×见故

CHAPTER THREE

Have a deep love for the old man

相思

［唐］王维

红豆生南国，春来发几枝？
愿君多采撷xié，此物最相思。

Love Seeds

Wang Wei

The red beans grow in southern land.
How many load in spring the trees?
Gather them till full is your hand;
They would revive fond memories.

有一种植物叫红豆，生长在南国的土地上，它们在春风里枝繁叶茂，能长出多少新枝呢？

愿你多采一些红豆回家，因为都说每一颗红豆都是念想，每一颗红豆都是珍惜，篮装，筐盛，都是绵绵不尽的相思意。

此诗作于天宝年间。诗人借咏物寄相思，有委婉含蓄之美。还有说法，此诗是为怀念友人而作。

秋夜曲

［唐］王维

桂魄(pò)初生秋露微，轻罗已薄未更衣。

银筝夜久殷勤弄，心怯空房不忍归。

Song of an Autumn Night

Wang Wei

Chilled by light autumn dew beneath the crescent moon,
She has not changed her dress though her silk robe is thin.
Playing all night on silver lute an endless tune,
Afraid of empty room, she can't bear to go in.

一曲古筝，如银墨，洇染了秋夜。

明月初升，树叶上已见秋露依稀。丝绸的衣裳太薄了，已难抵沁骨夜凉，但又不愿起身。

夜那么深了，还在拨弄着古筝，分明是不想回那寂寞空房。

描述了一个独守空房、思念丈夫的女子的离愁怨情。

春思

［唐］李白

燕草如碧丝，秦桑低绿枝。
当君怀归日，是妾断肠时。
春风不相识，何事入罗帷？

A Faithful Wife Longing for Her Husband in Spring

Li Bai

Northern grass looks like green silk thread;
Western mulberries bend their head.
When you think of your home on your part,
Already broken is my heart.
Vernal wind, intruder unseen,
O how dare you part my bed screen!

已是深春。

燕地的春草刚长得如青绿的丝线柔软纤细，秦地的桑叶已经茂盛得压弯了墨绿的枝条。

当远在天涯的你想念家乡期待归期时，我已经在家想你想断肠了。

春风啊，我们素不相识，为何要无缘无故地吹入我的罗帐、触动我万千愁思呢？

此诗是李白创作的新题乐府诗，富有民歌特色。描述了一位出征军人的妻子在明媚的春日里对丈夫的思念和对战争早日结束的盼望。

十六君远行，瞿(qú)塘(táng)滟(yàn)滪(yù)堆。
五月不可触，猿声天上哀。
门前迟行迹，一一生绿苔。
苔深不能扫，落叶秋风早。
八月蝴蝶来，双飞西园草。
感此伤妾心，坐愁红颜老。
早晚下三巴，预将书报家。
相迎不道远，直至长风沙。

长干行

［唐］李白

妾发初覆额，折花门前剧。
郎骑竹马来，绕床弄青梅。
同居长干里，两小无嫌猜，
十四为君妇，羞颜未尝开。
低头向暗壁，千唤不一回。
十五始展眉，愿同尘与灰。
常存抱柱信，岂上望夫台。

此诗为李白在唐玄宗开元十三年（725年）秋末初游金陵时所作。诗中以一位居住在长干里的商妇自述的语气，展现了商妇各个人生阶段的诸多生活画面，塑造出了一个殷切思念远方丈夫的少妇形象。

Ballad of a Trader' s Wife

Li Bai

My forehead barely covered by my hair,
Outdoors I plucked and played with flowers fair.
On hobby horse he came upon the scene;
Around the well we played with mumes still green.
We lived close neighbors on Riverside Lane,
Carefree and innocent, we children twain.
At fourteen years old I became his bride;
I often turned my bashful face aside.
Hanging my head,I'd look on the dark wall;
I would not answer his call upon call.
I was fifteen when I composed my brows;
To mix my dust with his were my dear vows.
Rather than break faith, he declared he'd die.
Who knew I'd live alone in tower high?
I was sixteen when he went far away,
Passing Three Gorges studded with rocks grey.
Where ships were wrecked when spring flood ran high,
Where gibbons' wails seemed coming from the sky.
Green moss now overgrows before our door;
His footprints, hidden, can be seen no more.
Moss can't be swept away, so thick it grows,
And leaves fall early when the west wind blows.
In yellow autumn butterflies would pass
Two by two in west garden over the grass.
The sight would break my heart and I'm afraid,
Sitting alone, my rosy cheeks would fade.
"O when are you to leave the western land?
Do not forget to tell me beforehand!
I' ll walk to meet you and would not call it far
Even to go to Long Wind Beach where you are."

记得我还是个头发刚盖过额头的小女孩儿时，常常折一枝花在门前自己做游戏。

你总是会跨着一根竹竿当马骑到我家，手里拿着青梅绕着椅子逗我和你追来追去。

从那么小开始我俩就一起住在长干里，相互朝夕可见从不猜疑也从不嫌弃。

十四岁那年我成了你的新娘，害羞得不知道该怎么面对你。

只是低着头面对着墙壁，任你一声声低唤我也不回头答应。

到了十五岁才懂得对你满心欢喜，认定了要和你白头偕老永不分离直到一起化灰成泥。

如果你一直能像尾生抱柱般坚守誓约寸步不离，我又怎么会登上这望夫台呢？

十六岁时你离家远行，要经过瞿塘峡可怕的滟滪堆，你不知道我有多么担心。

都说五月江水上涨礁石难辨，两岸猿猴的哀鸣声天上可能都会听见。

门前你恋恋不舍出行时留下的足迹，都被青苔一一湮没了。

青苔太厚了怎么都扫不了，早来的秋风又将落叶覆盖上了。

八月是个热情似火的季节啊，眼看着相亲相爱的蝴蝶双双飞舞在西园的草丛。

触景生情我怎能不心生悲伤，忍不住会多愁善感地担忧青春易逝容颜易老。

什么时候你决定离开三巴回家，千万记得提前写信告诉我，我要提前准备好一切等你。

只要能去迎接你多远都不觉远，哪怕要一直走到几百里外的长风沙，我也很愿意很愿意。

长相思

［唐］李白

长相思，在长安。
络纬（wěi）秋啼金井阑（lán），微霜凄凄簟（diàn）色寒。
孤灯不明思欲绝，卷帷（wéi）望月空长叹。
美人如花隔云端。
上有青冥之高天，下有渌（lù）水之波澜。
天长路远魂飞苦，梦魂不到关山难。
长相思，摧心肝。

Endless Longing

Li Bai

I long for one in all at royal capital.
The autumn cricket wails beside the golden rails.
Light frost mingled with dew, my mat looks cold in hue.
My lonely lamp burns dull, of longing I would die;
Rolling up screens to view the moon, in vain I sigh.
Above, the boundless heaven spreads its canopy screen;
Below, the endless river rolls its billows green.
My soul can't fly over sky so vast nor streams so wide;
In dreams I can't go through mountain pass to her side.
We are so far apart; the longing breaks my heart.

朝思暮想，我思念的人啊远在长安。

长长的秋夜，纺织娘在精美的井栏边一声接一声地悲鸣，已是起霜的季节了，辗转反侧只觉竹席那么凉。

守着一盏昏暗的灯，想人想得痛不欲生，只能卷起帷幔望着窗外的天空发呆长叹，花一样的美人犹如相隔在遥不可及的云上。

上有青天高远无垠难登。下有绿水波澜浩渺难渡。天高地远，想要梦见都难。到底要吃多少苦，要魂牵梦萦多久，才能越过关山重重与你相见呢？

朝思暮想，肝肠寸断……

此诗倾诉相思之苦。创作时间一般认为是在李白被排挤离开长安后，是沉思中回忆过往的情绪之作。

荆州歌

［唐］李白

白帝城边足风波，
瞿（qú）塘五月谁敢过？
荆州麦熟茧（jiǎn）成蛾，
缫（qiāo）丝忆君头绪多，
拨（bō）谷飞鸣奈妾何！

The Silk Spinner

Li Bai

The White King Town's seen many shipwrecks on the sands.
Who dare to sail through Three Gorges in the fifth moon?
The wheat is ripe, the silkworm has made its cocoon.
My thoughts of you are endless as the silken strands.
The cuckoos sing: "Go Home!"When will you come to homeland?

都见过白帝城边江上汹涌的惊涛骇浪，

都知道这五月的瞿塘峡水流湍急礁石难辨，谁敢轻易从这行船经过呢？

正是荆州麦黄时节，蚕也已结茧成蛾，家家都在忙着最后的蚕事。

我在家里一边煮茧缫丝，一边思念着你，心绪纷繁如丝，绵绵不绝。

布谷鸟一声声地提醒春天将尽，我想你回来又不放心你坐船，叫我如何是好？

此诗写的是一位农妇煮茧缫丝时思念远方丈夫的情景。约是李白初出蜀路过荆州（今湖北江陵时）所作。

题都城南庄

［唐］崔护

去年今日此门中，人面桃花相映红。

人面不知何处去，桃花依旧笑春风。

Written in a Village South of the Capital

Cui Hu

In this house on this day last year a pink face vied;
In beauty with the pink peach blossom side by side.
I do not know today where the pink face has gone;
In vernal breeze still smile pink peach blossoms full blown.

还记得去年的这时候，就在这扇门里，姑娘美丽的笑脸和盛开的桃花相互映衬着，那画面美过了整个春天，也在我的心里定格着美过了四季。

今年的同一天我又来到了这个地方，却不见了姑娘的笑脸。依旧是春光明媚，依旧是花木扶疏，依旧是桃花掩映……

传说诗人到长安参加进士考试落第后，在长安南郊偶遇一美丽少女，次年清明节重访此女不遇，无限怅惘，于是题写此诗。“人面不知何处去，桃花依旧笑春风”二句流传甚广。

崔护（772–846 年），字殷功，唐代博陵（今河北定州）人，唐代诗人。公元 796 年（贞元十二年）登第（进士及第）。其诗诗风精练婉丽，语极清新。《全唐诗》存诗六首，皆是佳作，尤以《题都城南庄》流传最广，为诗人赢得了不朽的诗名。

赠婢

［唐］崔郊

王孙公子逐后尘，绿珠垂泪滴罗巾。

侯门一入深似海，从此萧郎是路人。

To the Maid of My Aunt

Cui Jiao

Even sons of prince and lord try to find thy trace;

Thy scarf is wet with pearl-like tears dropped from thy face.

The mansion where thou enter is deep as the sea;

Thy master from now on is a stranger to thee.

那些有权有势的公子王孙络绎不绝地慕你的芳名而来，他们的车马扬起的尘土整天弥漫在门前。你却如当年的绿珠一样伤心无奈，天天泪水湿透了手帕。

都说侯门深似海，你嫁入了就很难再见面，很难有自由自在的生活了，昔日卿卿我我情深意长的情郎也从此成为不相关的陌生人了。

根据范摅《云溪友议》及《全唐诗话》等记载：元和（唐宪宗年号，806-820年）年间，崔郊的姑母有一婢女，生得姿容秀丽，与崔郊互相爱恋，后却被卖给显贵于頔。崔郊念念不忘。在一个寒食节，婢女偶尔外出与崔郊邂逅，崔郊百感交集，写下了这首《赠婢》。此诗反映了封建社会里因门第悬殊而造成的爱情悲剧。诗的寓意颇深，表现手法却含而不露，怨而不怒，委婉曲折。

崔郊，唐代诗人。元和年间秀才，《全唐诗》中仅收录其一首诗，即《赠婢》。

叹花

［唐］杜牧

自是寻春去校迟，不须惆怅怨芳时。
狂风落尽深红色，绿叶成阴子满枝。

Sighing over Fallen Flowers

Du Mu

I regret to be late to seek for blooming spring;
The flowers not in full bloom in years past I' ve seen.
The strong wind blows down flowers which sway and swing,
The tree will be laden with red fruit and leaves green.

只怪自己来得太晚，错过了那么美的春天，不必惆怅花开得太早，也无须埋怨那些花儿现在都去了哪里。

虽然大风带走了那么多姹紫嫣红的春色，但绿叶葱郁果实满枝的时候快要到了。

此诗以寻芳比喻寻访所爱之人，以花比喻女子，以绿叶成荫、子满枝头比喻女子结婚生子，生动，含蓄，耐人寻味。另据唐宋人笔记小说中传说，此诗为杜牧因错过与一心仪女子的十年之约而作。

竹枝词

［唐］刘禹锡

杨柳青青江水平，闻郎江上踏歌声。

东边日出西边雨，道是无晴却有晴。

Bamboo Branch Songs

Liu Yuxi

Between the green willows the river flows along;
My gallant in a boat is heard to sing a song.
The west is veiled in rain, the east enjoys sunshine,
My gallant is as deep in love as the day is fine.

春风起，杨柳青。一抹新绿轻划过水平如镜的江岸，美好得如一句久藏心底的话终于说了出来。

突然听见江上传来心上人的歌声，那么好听，好想全世界的人此刻都听不见。想飞奔上前，又怕自己不是他所思所念。

心上人的心思好难猜，就如东边出着太阳西边下着雨的天气，说是晴天又有雨，说不是晴天分明又有晴。

是诗人刘禹锡仿效民间歌谣的表现手法而写的民歌体乐府诗。表达一位少女听到情人的歌声时乍疑乍喜的复杂心情。语言平实，诗意清新，情调淳朴。

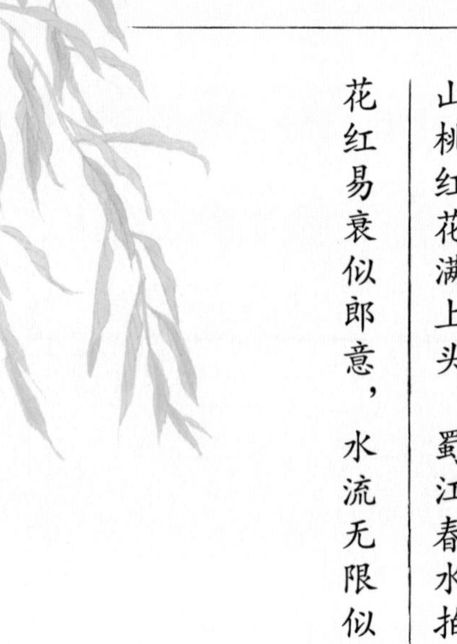

竹枝词

［唐］刘禹锡

山桃红花满上头，蜀江春水拍山流。
花红易衰似郎意，水流无限似侬(nóng)愁。

Bamboo Branch Songs

Liu Yuxi

The mountain's red with peach blossoms above;
The shore is washed by spring waves below.
Red blossoms fade fast as my gallant's love;
The river like my sorrow will ever flow.

春天来了，山桃花热情似火地开满了山坡，蜀江的水轻柔地拍打着山岩绕山而流。

那盛开的山桃花多么让人欢喜，可惜就如同情郎的爱意转瞬即逝。那江水绵绵不绝，多像我无尽的哀愁。

是诗人刘禹锡仿效民间歌谣的表现手法而写的民歌体乐府诗。描述一位深情女子在爱情受到挫折时的愁怨。

无题

［唐］李商隐

相见时难别亦难，东风无力百花残。
春蚕到死丝方尽，蜡炬成灰泪始干。
晓镜但愁云鬓bin改，夜吟应觉月光寒。
蓬山此去无多路，青鸟殷勤为探看。

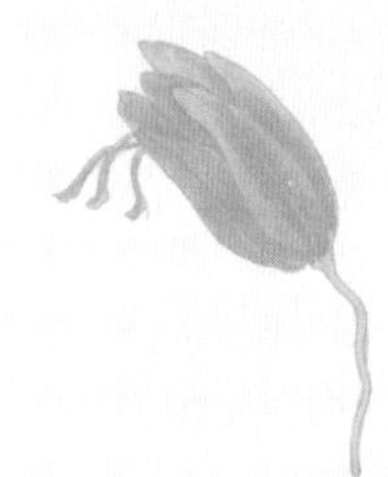

To One Unnamed

Li Shangyin

It’s difficult for us to meet and hard to part;
The east wind is too weak to revive flowers dead.
Spring silkworm till its death spins silk from love-sick heart;
A candle but when burned out has no tears to shed.
At dawn I’m grieved to think your mirrored hair turns grey;
At night you would feel cold while I croon by moonlight.
To the three fairy hills it is not a long way.
Would the blue birds oft fly to see you on the height?

想要见一面好难，见了面又要分开时更难，偏偏又是在这东风渐离花谢花飞的暮春时节，更让人倍加伤感。

那春蚕在生命终止的那刻才算将丝吐尽，那蜡烛燃尽成灰时那眼泪似的烛油才算流干。

女子晨起对镜梳妆时只担忧青丝成雪红颜渐老，男子夜来无眠读书时应该会感觉月色如霜岁月寒凉。

没有一条路可通向想念的人住的地方，没有车马能带我去见那个住在心里的人，只能请青鸟替我捎封信，并代我去探望了。

传说，诗人十五六岁时在玉阳山学道，其间曾与玉阳山灵都观女道士宋华阳相识相恋。他后来所写的以《无题》为题的六首诗，被誉为最美的无题诗，大多是抒写这段恋情，此诗为其中之一。在悲伤、痛苦之中，也有对爱情的渴望和执着。

李商隐（约813-约858年），字义山，号玉溪（谿）生、樊南生，是晚唐最出色的诗人之一，祖籍河内（今河南省焦作市）沁阳，出生于郑州荥阳。和杜牧合称“小李杜”。其诗构思新奇，风格秾丽，尤其是一些爱情诗和无题诗写得缠绵悱恻，优美动人，广为传诵。有《李义山诗集》。

锦瑟

［唐］李商隐

锦瑟无端五十弦，一弦一柱思华年。
庄生晓梦迷蝴蝶，望帝春心托杜鹃。
沧海月明珠有泪，蓝田日暖玉生烟。
此情可待成追忆，只是当时已惘然。

The Sad Zither

Li Shangyin

Why should the sad zither have fifty strings?
Each string, each strain evokes but vanished springs:
Dim morning dream to be a butterfly;
Amorous heart poured out in cuckoo's cry.
In moonlit pearls see tears in mermaid's eyes;
From sunburnt jade in Blue Field let smoke rise.
Such feeling cannot be recalled again;
It seemed lost even when it was felt then.

精美的瑟为什么竟有五十根弦呢？轻拢慢捻抹复挑，每一弦每一音节都不由得让人追忆逝去的美好年华。

庄周迷恋在梦里化身翩翩起舞的蝴蝶，望帝将一片春心托付给了啼血的杜鹃。

沧海明月高悬，鲛人有泪才能成珠；蓝田日光煦照，玉气升腾才能见良玉生烟。

这悲欢离合之情为什么要现在才追忆，只因为当时心里一片茫然，不懂得珍惜，不懂得拥有。

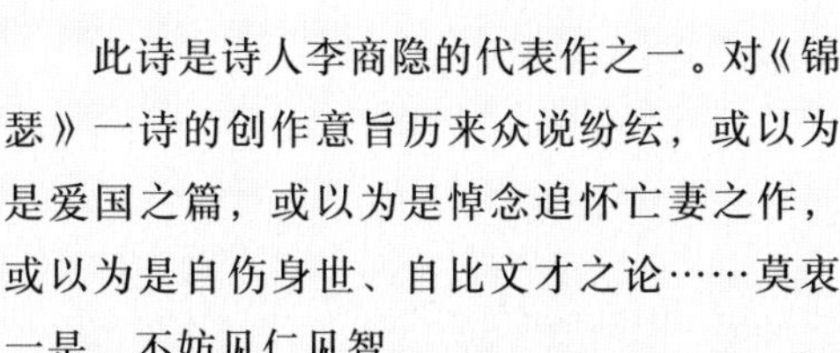
此诗是诗人李商隐的代表作之一。对《锦瑟》一诗的创作意旨历来众说纷纭，或以为是爱国之篇，或以为是悼念追怀亡妻之作，或以为是自伤身世、自比文才之论……莫衷一是，不妨见仁见智。

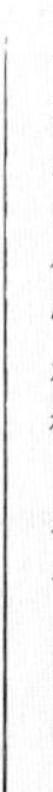

夜雨寄北

［唐］李商隐

君问归期未有期，巴山夜雨涨秋池。
何当共剪西窗烛，却话巴山夜雨时。

Written on a Rainy Night to My Wife in the North

Li Shangyin

You ask me when I can return, but I don't know;
It rains in western hills and autumn pools overflow.
When can we trim by window side the candlelight
And talk about the western hills in rainy night?

见字如面。

你问我什么时候回家，我真的无法告诉你确切的归期。此刻巴山的夜雨淅淅沥沥地下个不停，雨水涨满了秋天的池塘。

我是那么的想念你，盼望着什么时候能早点回到你身边，和你一起坐在西窗下，一边剪烛花一边说话，然后我慢慢告诉你此刻我聆听巴山夜雨的心情……

此诗是诗人身居异乡巴蜀时写给远在长安的妻子（或友人）的一首抒情七言绝句，是诗人给对方的复信。言浅意深，语短情长，令人百读不厌。千百年来，始终被世人奉为经典。

嫦娥

［唐］李商隐

云母屏风烛影深，长河渐落晓星沉。

嫦娥应悔偷灵药，碧海青天夜夜心。

To the Moon Goddess

Li Shangyin

Upon the marble screen the candlelight is winking;
The Silver River slants and morning stars are sinking.
You'd regret to have stolen the miraculous potion;
Each night you brood over the lonely celestial ocean.

夜已深。

云母屏风上烛光的影子越来越浓，银河渐渐隐没，启明星也慢慢下沉。

那月亮里的嫦娥应该会后悔当初偷取让自己长生不老的灵药，落得个如今夜夜独对碧海青天孤寂伤心。

看似描写的是嫦娥在广寒宫中孤寂的心情，却表现了诗人自己的伤感之情。李商隐用神话人物嫦娥来比喻自己，道尽心事，可谓经典。

江楼月

［唐］白居易

嘉陵江曲曲江池，明月虽同人别离。
一宵光景潜相忆，两地阴晴远不知。
谁料江边怀我夜，正当池畔望君时。
今朝共语方同悔，不解多情先寄诗。

The Moon over the Riverside Tower

Bai Juyi

You stand by River Jialing,I by winding streams.
Though far apart, still we share the same bright moonbeams.
All night long I think of you and for you I pine,
For I am not sure if you see the same moon shine.
Who knows when by waterside I'm longing for you,
By nocturnal riverside you' re missing me too?
When I receive your poem,I regret today:
Why did I not send mine to you so far away?

月明之夜，遍地清辉，该是良辰美景人团圆的好时光，可偏偏一个人在嘉陵江边，一个在曲江畔，虽然晒着同一个月亮，却相隔很远。

夜不能寐，思绪万千，往日的欢乐时光重现眼前，可是嘉陵江曲江两地隔得那么远，不知道两地是否真的阴晴与共。

谁能想到，你在江边看着月亮想起我时，我正好在水边盼望着你能到来。

如果早知如此，就该早点寄诗给你，让你早点知道我的思念之情。

这是白居易给元稹的一首赠答诗。表达对友人深切的思念之情。

第四章

暮鼓×晨钟

CHAPTER FOUR

Morning bells and night drums

月下独酌

［唐］李白

花间一壶酒，独酌zhuó无相亲。
举杯邀明月，对影成三人。
月既不解饮，影徒随我身。
暂伴月将影，行乐须及春。
我歌月徘徊，我舞影零乱。
醒时同交欢，醉后各分散。
永结无情游，相期邈miǎo云汉。

Drinking Alone under the Moon

Li Bai

Among the flowers, from a pot of wine
I drink without a companion of mine.
I raise my cup to invite the Moon who blends
Her light with my Shadow and we' re three friends.
The Moon does not know how to drink her share;
In vain my Shadow follows me here and there.
Together with them for the time I stay,
And make merry before spring's spent away.
I sing and the Moon lingers to hear my song;
My Shadow's a mess while I dance along.
Sober, we three remain cheerful and gay;
Drunken, we part and each may go his way.
Our friendship will outshine all earthly love;
Next time we' ll meet beyond the stars above.

月下，花间。

烫了一壶好酒，可惜没有可以一起把盏言欢的亲友，只有自斟自饮。

举杯邀请明月，和我的影子一起凑成三人。

可惜月亮不能理解饮酒的乐趣，影子也只会徒然跟随我左右。

就暂且和月亮、影子相伴，不负春宵，及时行乐。

微醺中，我对着月亮吟诵诗歌，月亮也醉了似的跟着我在花前徘徊；我手舞足蹈，影子也陪着我步履翩跹。

清醒时我们一起做快乐的事，酒醉后头也不回的各自回家。

但愿能许下永远无忧无虑共游的约定，说好下回我们天上见。

这首诗约作于唐玄宗天宝三载（744年），当时李白在长安，正处于官场失意之时。全诗笔触细腻，构思奇特，表面看来，诗人自得其乐，可是深处却是诗人怀才不遇的寂寞和孤傲。

黄鹤楼送孟浩然之广陵

［唐］李白

故人西辞黄鹤楼，烟花三月下扬州。

孤帆远影碧空尽，唯见长江天际流。

Seeing Meng Haoran Off at Yellow Crane Tower

Li Bai

My friend has left the west where the Yellow Crane towers
For River Town green with willows and red with flowers.
His lessening sail is lost in the boundless blue sky,
Where I see but the endless River rolling by.

挥挥手，送别故友，在黄鹤楼。他要顺流而下，去柳絮如烟、花开似锦的扬州，去春和景明的江南三月。

眼看着友人乘坐的船孤零零的渐渐消失在远方的碧空里，只有长江不动声色地一直在天边滚滚奔流。

唐玄宗开元十八年（730 年）三月，李白得知孟浩然要去广陵（今江苏扬州），便约孟浩然在江夏（今武汉市武昌区）相会。几天后，孟浩然乘船东下，李白亲自送到江边，然后写下了这首诗，表现的是一种充满诗意、快乐的离别。

宣州谢朓（tiǎo）楼饯别校书叔云

［唐］李白

弃我去者，昨日之日不可留；
乱我心者，今日之日多烦忧。
长风万里送秋雁，对此可以酣（hān）高楼。
蓬莱文章建安骨，中间小谢又清发。
俱怀逸兴壮思飞，欲上青天揽明月。
抽刀断水水更流，举杯消愁愁更愁。
人生在世不称意，明朝散发弄扁舟。

Farewell to Uncle Yun,The Imperial Librarian, at Xie Tiao' s Pavilion in Xuanzhou

Li Bai

What left me yesterday Can be retained no more;
What troubles me today Is the times for which I feel sore.
In autumn wind for miles and miles the wild geese fly.
Let's drink, in face of this, in the pavilion high.
Your writing's forcible like ancient poets while
Mine is in Junior Xie's clear and spirited style.
Both of us have an ideal high;
We would reach the moon in the sky.
Cut running water with a sword, it will faster flow;
Drink wine to drown your sorrow, it will heavier grow.
If we despair of all human affairs,
Let us roam in a boat with loosened hairs!

离我而去的昨天已经不可能挽留了；

扰乱我心的今天再多烦恼也躲不过去。

看那长风吹了几万里送来一行行秋雁，此情此景值得在这高楼上开怀畅饮不醉不休。

您的文章风格颇具刚健遒劲的建安风骨，我的诗也有小谢的清新俊逸之风。

我们都是心怀豪情壮志，梦想着上天揽月摘星的人啊。

想要拿刀去切断流水水流得更欢，想要举起酒杯去消愁愁越消越稠。

人活在这尘世千般不如意，不如明天就披散了头发、布衣素履地驾一叶扁舟浪迹江湖。

此诗约作于天宝十二载（753年）。虽为送别诗，并不直言离别，而是重笔抒发诗人自己怀才不遇的激烈愤懑，和对光明世界的执着追求。全诗语言明朗朴素，韵味深长，达到了豪放与自然和谐统一的境界。

静夜思

［唐］李白

床前明月光，疑是地上霜。
举头望明月，低头思故乡。

Thoughts on a Tranquil Night

Li Bai

Before my bed a pool of light
O can it be frost on the ground?
Looking up,I find the moon bright;
Bowing,in homesickness I'm drowned.

多么安静的夜晚，多么明亮的月光。

那见着月亮的窗台、石阶、地上，都如落了莹白的霜，又美又忧伤。

总是这样，不经意地抬头看见一轮明月，忍不住埋头想念远方的故乡。那里始终酒暖汤沸，那里始终鸟语花香。

此诗创作于唐玄宗开元十四年（726 年）九月十五日的扬州旅舍，那年李白 26 岁。没有精工华美的辞藻，只是用叙述的语气，写远客思乡之情，语言清新朴素，却意味深长，耐人寻味。

闻官军收河南河北

［唐］杜甫

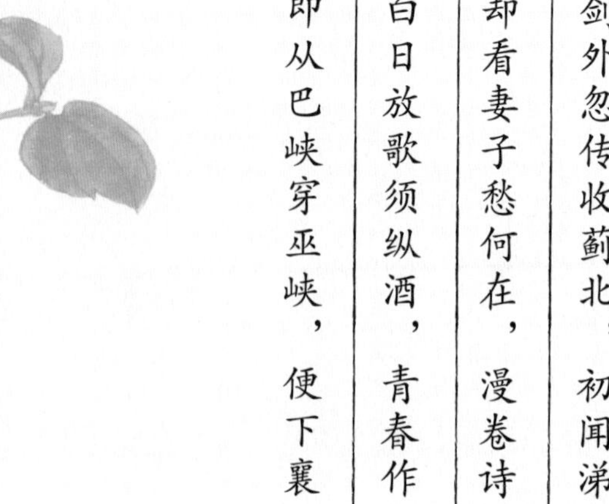

剑外忽传收蓟（jì）北，初闻涕（tì）泪满衣裳。
却看妻子愁何在，漫卷诗书喜欲狂。
白日放歌须纵酒，青春作伴好还乡。
即从巴峡穿巫峡，便下襄阳向洛阳。

Recapture of the Regions North and South of the Yellow River

Du Fu

It's said the Northern Gate is recaptured of late;
When the news reach my ears, my gown is wet with tears.
Staring at my wife's face, of grief I find no trace;
Rolling up my verse books, my joy like madness looks.
Though I am white-haired, still I'd sing an drink my fill.
With verdure spring's aglow, it's time we homeward go.
We shall sail all the way through Three Gorges in a day.
Going down to Xiangyang, we'll come up to Luoyang.

剑门外忽然传来收复蓟北的喜讯，刚听到消息的那一刻惊喜得泪流满面几乎打湿了衣裳。

回头再看妻儿哪还有什么忧愁，欣喜若狂地胡乱卷起诗书收拾行囊准备马上返回家乡。

白天放声高歌还要痛饮美酒，明媚的春光和家人做伴正好回家。

马上启程出发，从巴峡穿过巫峡，一直到襄阳再直奔洛阳。

此诗作于唐代宗广德元年（763年）春天。持续八年之久的“安史之乱”宣告结束，杜甫当时正流落在四川，听闻消息后欣喜若狂地写下这首诗，被称为杜甫“生平第一快诗”。

春望

［唐］杜甫

国破山河在，城春草木深。
感时花溅泪，恨别鸟惊心。
烽火连三月，家书抵万金。
白头搔更短，浑欲不胜簪(zān)。

Spring View

Du Fu

On war-torn land streams flow and mountains stand;
In vernal town grass and weeds are overgrown.
Grieved over the years, flowers make us shed tears;
Hating to part, hearing birds breaks our heart.
The beacon fire has gone higher and higher;
Words from household are worth their weight in gold.
I cannot bear to scratch my grizzled hair;
It grows too thin to hold a light hairpin.

春日。看长安。

国家不在了，山河依旧在。春天的长安城，草木一如既往的茂盛，却听不见多少喧哗的人声、看不见几个相约游春的人。

伤感时局时看到花开也会泪流不止，伤心别离时听到婉转鸟鸣也会胆战心惊。

战场上的硝烟烽火已持续三个月了，很久都没有亲人的消息，一封家书珍贵得抵得上万两黄金。

日复一日，忧虑催白了头，也使头发如落叶纷谢，几乎快承受不住一根簪子的分量了。

此刻的春天啊，有多么美好，就有多么伤心。

唐玄宗天宝十四年（755年）十一月，安禄山起兵叛唐。唐肃宗至德二年（757年）春，身处沦陷区的杜甫目睹了长安城一片萧条零落的景象，百感交集写下了这首传诵千古的名作。

登高

［唐］杜甫

风急天高猿啸哀，渚(zhǔ)清沙白鸟飞回。
无边落木萧萧下，不尽长江滚滚来。
万里悲秋常作客，百年多病独登台。
艰难苦恨繁霜鬓，潦倒新停浊酒杯。

On the Height

Du Fu

The wind so swift, the sky so wide, apes wail and cry;
Water so clear and beach so white, birds wheel and fly.
The boundless forest sheds its leaves shower by shower;
The endless river rolls its waves hour after hour.
A thousand miles from home, I'm grieved at autumn's plight;
Ill now and then for years, alone I'm on this height.
Living in times so hard, at frosted hair I pine;
Cast down by poverty, I have to give up wine.

独上高台，遥念故乡。

已是秋天了。天高云淡风急，远远地传来猿的啸啼哀鸣声；水清洲绿沙白，回家的鸟儿在沙洲上低飞盘旋。

漫无边际的落叶纷纷扬扬地飘落，奔流不息的长江水扑面滚滚而来。

年复一年在外漂泊的人啊，在秋天来临时总是容易伤感，暮年的身躯已经不起岁月的风寒，抱病站在这高台上，思绪千回百转。

生活的艰难和心绪的愤懑早已催白了鬓发，日子的困顿和身体的病痛也让人不得已断了对酒的念想。那些青丝里的青春时光，那些酒杯里的快意人生，一去不返……

此刻，明白了韶光易逝，明白了壮志难酬，明白了生命无常，又能怎样？

此诗通过描绘登高所见空旷寂寥的长江秋景，倾诉了诗人长年漂泊、老病孤愁的复杂感情，慷慨激越、动人心弦，被誉为“七律之冠”。

江村

［唐］杜甫

清江一曲抱村流，长夏江村事事幽。
自去自来堂上燕，相亲相近水中鸥。
老妻画纸为棋局，稚（zhì）子敲针作钓钩。
但有故人供禄（lù）米，微躯此外更何求。

The Riverside Village

Du Fu

See the clear river wind by the village and flow!
We pass the long summer by riverside with ease.
The swallows freely come in and freely out go.
The gulls on water snuggle each other as they please.
My wife draws lines on paper to make a chessboard;
My son bends a needle into a fishing hook.
Ill, I need only medicine I can afford.
What else do I want for myself in my humble nook?

一弯清澈的江水环抱着小小的村庄，一起静静流淌的还有嬉戏的鱼儿、两岸花树在水里的倒影，和静谧温馨的时光。

悠长的夏日里，小村里的一切都那么清幽那么安宁那么让人沉醉。

梁上的燕子自由自在地飞来飞去，水里的白鸥亲密地相偎相依。

树荫下，老伴微笑着在纸上画着棋盘，年幼的儿子认真地在用一根针做钓鱼的钩子。

幸有老朋友照应生活所需，让我过上了难得的享受天伦之乐的生活，我还有什么奢求呢？

唐肃宗上元元年（760 年）夏，杜甫在朋友的资助下，在四川成都郊外的浣花溪畔盖了一间草堂，在饱经战乱之苦后，生活暂时安宁，重新获得了天伦之乐，此诗呈现了悠然自得的心情。

日暮

［唐］杜甫

牛羊下来久，各已闭柴门。
风月自清夜，江山非故园。
石泉流暗壁，草露滴秋根。
头白灯明里，何须花烬(jìn)繁。

After Sunset

Du Fu

The sheep and cattle come to rest,
All thatched gates closed east and west.
The gentle breeze and the moon bright
Remind me of homeland at night.
Among rocks flow fountains unseen;
Autumn drips dewdrops on grass green.
The candle brightens white-haired head.
Why should its flame blaze up so red?

日暮时分，牛羊缓缓回村归厩，家家户户都陆续关好了柴门。村庄里弥漫着柴火燃烧和饭菜上桌的香。

月华如水，小风轻拂过每一个掌灯的屋檐。可是，这安宁祥和的夜晚、这美丽的山川都不是在自己的家园。

清冷的泉水从石壁上静静流过，微凉的秋露悄悄滴入草根。

明亮的灯光下，发已如雪，韶光已逝，灯芯何必还频繁结花报喜呢？

此诗作于唐代宗大历二年（公元767年）秋。因居住的山村黄昏时分的寂静祥和而生的喜悦，因人生迟暮而生的感慨，因故土难归而生的悲哀，都弥漫在作者精美传神的景色描写中，百转千回。

江南逢李龟年

［唐］杜甫

岐王宅里寻常见，崔九堂前几度闻。
正是江南好风景，落花时节又逢君。

Coming Across a Disfavored Court Musician on the Southern Shore of the Yangtze River

Du Fu

How oft in princely mansions did we meet !
As oft in lordly halls I heard you sing.
Now the Southern scenery is most sweet,
But I meet you again in parting spring.

曾记得，岐王府的雅集上时常遇见，崔九堂的聚会里几番听闻歌声。

眼前正赶上江南风景无限好，草木芳菲，落花缤纷，居然又与你相逢。

四句诗，一部唐玄宗盛衰史。二十八个字，从岐王宅里、崔九堂前的“闻”歌，到落花江南的重“逢”，世境离乱，年华盛衰，人情聚散，承载了四十年沧桑巨变。所以，后人评“子美七绝，此为压卷”。

秋词

［唐］刘禹锡

自古逢秋悲寂寥liáo，我言秋日胜春朝。
晴空一鹤排云上，便引诗情到碧霄。

Song of Autumn

Liu Yuxi

Since olden days we feel in autumn sad and drear,
But I say spring cannot compete with autumn clear.
On a fine day a crane cleaves the clouds and soars high;
It leads the poet's lofty mind to azure sky.

自古以来人们每逢秋天都悲叹萧瑟凄凉，我却觉得秋天的好远远胜过春天。

你看那秋日的晴空，被风熨得像明蓝的缎子一样，一只雪白的仙鹤突然飞上了天，如同一首白色的诗写在了一朵白云的旁边。

此诗一反过去文人悲秋的传统，赞颂了秋天的美好，表现了作者奋发进取的豪情和豁达乐观的情怀，堪称佳作。

长安秋望

［唐］杜牧

楼倚霜树外，镜天无一毫。
南山与秋色，气势两相高。

Autumn in the Capital

Du Mu

The tower overlooks frosty trees;
Speckless is the mirror-like sky.
The South Mountain and autumn breeze;
Vie to be more sublime and high.

秋日，望长安。

楼阁轻倚在经霜的树林外，镜子一般明净的天空没有一丝云彩。澄净，高远，静美。

远远的终南山峻拔入云，似乎要和高远无极的秋色互不相让地争个气势高低，争个寥廓明净。

像刚完成的一幅写意画。

是诗人写给远望中的长安秋色的一曲赞歌。写出长安寥廓、明净的秋色的同时也写出了诗人的精神性格。

秋夕

[唐] 杜牧

银烛秋光冷画屏，轻罗小扇扑流萤。
天阶夜色凉如水，坐看牵牛织女星。

An Autumn Night

Du Mu

Autumn has chilled the painted screen in candlelight;
A palace maid uses a fan to catch fireflies.
The steps seem steeped in water when cold grows the night;
She sits to watch two stars in love meet in the skies.

擎一盏银烛点亮秋天的夜晚，精美的画屏在烛光里显得格外清冷。

拿一把丝绸小团扇在院子里轻轻扑着忽闪忽闪的萤火虫，扑慢了流光，扑慢了秋意。

累了，在沁凉的天阶上坐下，看看遥遥相望的牵牛星和织女星，想想那美好而忧伤的爱情。

如水夜色，一寸寸漫过了青苔，漫过了鹅卵石小径上的鞋印，漫过了空旷寂寥的等待……

一首宫怨诗。写宫女清冷的生活和寂寞的心境。宛如工笔绘出的一幅宫闱幽怨图。

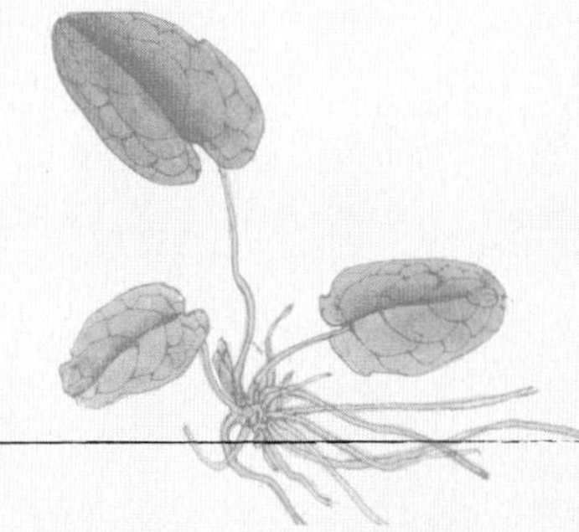

清明

[唐] 杜牧

清明时节雨纷纷，路上行人欲断魂。
借问酒家何处有？牧童遥指杏花村。

The Mourning Day

Du Mu

A drizzling rain falls like tears on the Mourning Day;
The mourner's heart is going to break on his way.
Where can a wineshop be found to drown his sad hours?
A cowherd points to a cot' mid apricot flowers.

清明的时候，总是会绵绵不绝地下雨，路上走的大都是行色匆匆赶着去扫墓的人，所有离散的思念都在这一天清晰地呈现，躲无可躲，失魂落魄。

这样的日子，必须有一杯酒，遥祭故人，或慰藉自己。向牧童打听哪里有酒家，牧童笑而不语，转身指向开满杏花的小山村。

炊烟如云轻歇在屋顶，酒香正在开了泥封的坛中袅袅起身……

此诗首见于南宋初年《锦绣万花谷》，注明出唐诗。《江南通志》载：杜牧任池州刺史时，曾经过金陵杏花村饮酒，诗中杏花村指此。

此诗以极其通俗的语言，写得自如之极，毫无经营造作之痕。音节和谐圆满，景象清新生动，境界优美。

山行

［唐］杜牧

远上寒山石径斜，白云生处有人家。

停车坐爱枫林晚，霜叶红于二月花。

Going up the Hill

Du Mu

I go by slanting stony path to the cold hill;

Where rise white cloudy, there appear cottages and bowers.

I stop my cab at maple woods to gaze my fill;

Frost-bitten leaves look redder than early spring flowers.

一条石头小路斜斜地通向很远的山顶，通向白云缭绕，通向炊烟袅袅。

忍不住停下马车，静静坐着独享这枫林尽染的夜晚。见了霜的枫叶如云锦如流霞，美过了二月所有的花。

一幅色彩绚烂、风格明丽的山林秋色图。

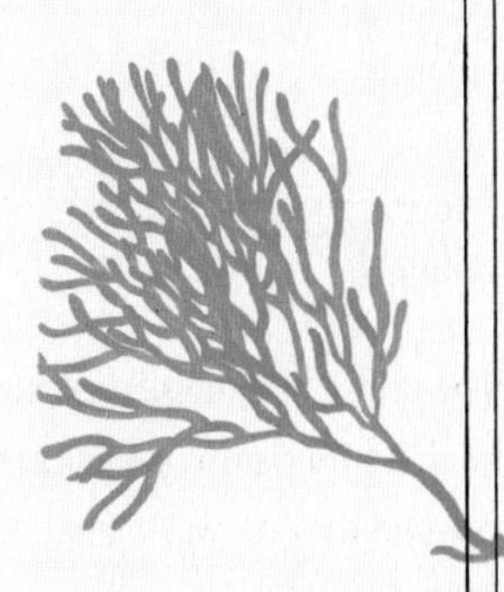

枫桥夜泊

［唐］张继

月落乌啼霜满天，江枫渔火对愁眠。
姑苏城外寒山寺，夜半钟声到客船。

Mooring by Maple Bridge at Night

Zhang Ji

The crows at moonset cry, streaking the frosty sky;
Facing dim fishing boats neath maples, sad I lie.
Beyond the city wall, from Temple of Cold Hill
Bells break the ship-borne roamer's dream in midnight still.

月亮下山，乌鸦孤寒的叫声霜一样寒冷了夜晚。江边的红叶和江中的渔火都心怀愁绪而眠。

半夜里，苏州城外寒山寺的钟声，被夜风一程接一程地传递到了清冷孤寂的客船。

此诗细腻传神地描述了一个客船夜泊者对江南秋夜的感受，有景有情有声有色，还隐含着作者的羁旅之思、家国之忧。

张继（约715–约779年），字懿孙，汉族，襄州人（今湖北襄阳人）。唐代诗人，他的生平，仅知是天宝十二年（公元753年）的进士。为文不事雕琢，可惜流传下来的不到50首，全唐诗收录一卷，然仅《枫桥夜泊》一首，已使其名留千古，而寒山寺也拜其所赐，成为远近驰名的游览胜地。

落叶

［隋］孔绍安

早秋惊落叶，飘零似客心。

翻飞未肯下，犹言惜故林。

Falling Leaves

Kong Shaoan

In early autumn I'm sad to see falling leaves;
They're dreary like a roamer's heart that their fall grieves.
They twist and twirl as if struggling against the breeze;
I seem to hear them cry, "We will not leave our trees."

早秋，落叶飘飞如雪，令人惊心。落叶的飘零无依多像在外漂泊的人的心情。

那离枝的树叶翻飞盘旋久久不肯落地，似乎述说着百般舍不得离开树林的心情。

此诗以描写入秋落叶抒发作者身处他乡的无奈和思归怀乡之情。

孔绍安（577–622 年），越州山阴（今浙江绍兴）人。少以文辞知名。有《孔绍安集》五十卷，已佚。《全唐诗》存诗七首。

寒食

［唐］韩翃

春城无处不飞花，寒食东风御柳斜。
日暮汉宫传蜡烛，轻烟散入五侯家。

Cold Food Day

Han Hong

There's nowhere in spring town but flowers fall from trees;
On Cold Food Day royal willows slant in east breeze.
At dusk the palace sends privileged candles red
To the five lordly mansions where wreaths of smoke spread.

春天的长安城处处落花飞舞，微寒的东风吹斜了御花园的柳树。

黄昏时宫中传出御赐的烛火，弥散的轻烟也只许徜徉在王侯人家的庭院中。

那些寒食节不能见光的烟火啊都歇在了布衣人间的柴米油盐中……

寒食是中国古代一个传统节日。古人很重视这个节日，按风俗家家禁火，只吃现成食物，故名寒食。唐代制度，到清明这天，皇帝宣旨取榆柳之火赏赐近臣，以示皇恩。

韩翃（生卒年不详），字君平，南阳（今河南南阳）人，唐代诗人。是“大历十才子”之一。天宝十三年（754年）考中进士。建中年间，因作一首《寒食》而被唐德宗所赏识，晋升不断，最终官至中书舍人。韩翃的诗笔法轻巧，写景别致，在当时传诵很广泛。著有《韩君平诗集》。《全唐诗》录其诗三卷。

登科后

［唐］孟郊

昔日龌龊不足夸，今朝放荡思无涯。
春风得意马蹄疾，一日看尽长安花。

Successful at the Civil Service Examinations

Meng Jiao

Gone are all my past woes! What more have I to say?
My body and my mind enjoy their fill today.
Successful, faster runs my horse in vernal breeze;
I've seen within one day all flowers on the trees.

往日的不如意都如浮云散去，从此过去的那些困顿坎坷不必再提。今日终于金榜题名，多么自在欢欣。

在那春风浩荡里策马扬鞭飞驰，一日间就看遍了长安城内的繁花似锦。

人生得意，须尽欢。

公元796年（唐贞元十二年），年届46岁的孟郊又奉母命第三次赴京科考，终于进士及第。放榜之日，孟郊喜不自胜，当即写下了生平第一首快诗《登科后》，表现出极度欢快的心情。此诗节奏轻快，一气呵成，在“思苦奇涩”的孟诗中别具一格。

孟郊（751—814年），唐代诗人。字东野。湖州武康（今浙江德清）人，祖籍平昌（今山东临邑东北），故友人时称“平昌孟东野”。生性孤直，一生潦倒。苏轼将其与贾岛并称为“郊寒岛瘦”。有《孟东野诗集》。

天涯

［唐］李商隐

春日在天涯，天涯日又斜。
莺啼如有泪，为湿最高花。

The End of the Sky

Li Shangyin

Spring is far, far away,
Where the sun slants its ray.
If orioles have tear,
Wet highest flowers here!

最经不得，春和日丽人在天涯，偏偏天涯又斜阳西下。

不停啼鸣的黄莺啊你如果有眼泪，请为我洒向树梢顶上的花，那是走得最晚的花了。

李商隐的这首绝句，文字里的画面极美，意境里的心绪极悲。一曲春天的挽歌，也是一曲人生的挽歌、时代的挽歌。

逢雪宿芙蓉山主人

［唐］刘长卿

日暮苍山远，天寒白屋贫。

柴门闻犬吠（fèi），风雪夜归人。

Seeking Shelter in Lotus Hill on a Snowy Night

Liu Changqing

At sunset hillside village seems far;
Cold and deserted the thatched cottages are.
At wicket gate a dog is heard to bark;
With wind and snow I come when night is dark.

蔼蔼暮色里，青山渐隐愈觉路途遥远，清贫简陋的草屋更觉晚来风寒。

漫漫风雪中，柴门外忽然犬吠声起，披着一身雪花赶路的人终于回到家了。

此诗为刘长卿遭贬期间所写。全诗用白描手法，语言朴实无华，格调清雅淡静，却具有悠远的意境与无穷的韵味。

刘长卿（约 709–789 年），字文房，宣城（今属安徽）人，唐代天宝年间进士。其诗气韵流畅，意境幽深，婉而多讽，以五言擅长，称“五言长城”。有《刘随州诗集》。词存《谪仙怨》一首。

杳杳寒山道

［唐］寒山

杳（yǎo）杳寒山道，落落冷涧滨。
啾（jiū）啾常有鸟，寂寂更无人。
淅（xī）淅风吹面，纷纷雪积身。
朝朝不见日，岁岁不知春。

Long, Long the Pathway to Cold Hill

Han Shan

Long, long the pathway to Cold Hill;
Drear, drear the waterside so chill.
Chirp, chirp, I often hear the bird;
Mute, mute, nobody says a word.
Gust by gust winds caress my face;
Flake on flake snow covers all trace.
From day to day the sun won't swing;
From year to year I know no spring.

寒山道上多么幽暗寂静，涧水周围多么幽僻冷清。

小鸟们常来这里，可惜没有人听见它们欢快鸣叫的声音。

冷风澌澌簌簌扑面而来，雪花纷纷扬扬洒落身上。

我在这里天天见不到太阳，一年年地过着也不知道春天什么时候会来。

此诗写诗人居住天台山寒岩时亲眼所见的景致。使用大量叠字是此诗的特点，有一种特殊的音乐美。

寒山，唐代诗僧，又称寒山子。传为贞观（唐太宗年号，627–649年）时人，一说大历（唐代宗年号，766–799年）时人。隐居始丰（今浙江天台）西之寒岩。与隐栖台州国清寺丰干、拾得并称“国清三隐”。其诗语言通俗，有鲜明的乐府民歌风，今存三百余首，后人辑有《寒山子诗集》。

雪晴晚望

［唐］贾岛

倚yǐ杖望晴雪，溪云几万重。
樵人归白屋，寒日下危峰。
野火烧冈草，断烟生石松。
却回山寺路，闻打暮天钟。

Evening View of a Snow Scene

Jia Dao

Cane in hand, I gaze on fine snow;
Cloud on cloud spreads over the creek.
To snow-covered cots woodmen go;
The sun sets on the frowning peak.
In the wildfire burns the grass dried;
Mid rocks and pines smoke and mist rise.
Back to the temple by the hillside,
I hear bells ring in evening skies.

雪后初晴。

拄着手杖，出门去看雪。远山近水都银装素裹，素洁如新，如与人间初见。

远远的溪水之上，被洗过似的白云一层叠着一层，和地上的雪快绵延在一起了。

回家的樵夫像一根针慢慢缝合着山间积雪的缝隙，针脚朴拙，归心似线，终于回到了他顶着雪冠的草屋。清冽的夕阳正缓慢地下山。

野火烧着了山上的蔓草，草木灰的气息里有炊烟的味道。雾霭徐徐升起，给冷峻的山石和古松平添了一抹温柔、祥和。

我走在回寺庙的路上，耳边传来晚钟的声音，悠长，寂寥。

这首诗描绘了一幅寒寂的空山晚晴图。诗境有声有色、余韵无穷。诗句淡笔勾勒，意象清冷峭僻，空旷寂寥。

江雪

［唐］柳宗元

千山鸟飞绝，万径人踪灭。
孤舟蓑笠翁，独钓寒江雪。

Fishing in Snow

Liu Zongyuan

From hill to hill no bird in flight;
From path to path no man in sight.
A lonely fisherman afloat
Is fishing snow in lonely boat.

大雪封藏了一切。

屋顶，村庄，山林，葱翠的光阴……

所有山上的小鸟都飞得无影无踪，所有的路上也不见一个行人。万籁俱寂。

苍茫天地间。

一位穿着蓑衣戴着斗笠的老人，在一叶孤舟上静静垂钓，一片风声，一江好雪。

《江雪》这首诗作于柳宗元谪居永州期间（805-815 年）。读者展示了这样的画面：天地之间一尘不染，万籁无声；渔翁性格孤傲，生活简素。

回乡偶书

［唐］贺知章

其一

少小离家老大回，乡音无改鬓(bìn)毛衰(cuī)。

儿童相见不相识，笑问客从何处来。

其二

离别家乡岁月多，近来人事半消磨。

惟有门前镜湖水，春风不改旧时波。

Home-Coming

He Zhizhang

(1)

I left home young and not till old do I come back,
Unchanged my accent, my hair no longer black.
The children whom I meet do not know who am I,
“Where do you come from, sir? ”they ask with beaming eye.

(2)

Since I left my homeland so many years have passed;
So much has faded away and so little can last.
Only in Mirror Lake before my oldened door
The vernal wind still ripples waves now as before.

很小的时候我就离开了家乡，等到回来现在已是迟暮之年了。

那么多年过去了，虽然我的乡音依旧，可是两鬓的青丝都已泛出了白霜。

家乡的儿童见了我都不认识，热情地笑着问“客人你是从哪里来的呀？”

我只能笑着笑着，慢慢低下头……

我离开家乡的时间实在是太久了，回来发现从前的一切都已物是人非。

在熟悉的街巷穿行，如同一阵风径自掠过，没有一句重逢的寒暄，没有一丝勾留的惊喜……

只有家门前镜湖里的那一汪碧水，依旧在春风里荡漾着和从前一样的波光粼粼。

唐玄宗天宝三载（744年），八十六岁的贺知章辞去朝廷官职，告老返回故乡越州永兴（今浙江杭州萧山）。人生易老，世事沧桑，他无限感慨地写下了这组诗。

九月九日忆山东兄弟

［唐］王维

独在异乡为异客，每逢佳节倍思亲。
遥知兄弟登高处，遍插茱（zhū）萸（yú）少一人。

Thinking of My Brothers on Mountain-climbing Day

Wang Wei

Alone,a lonely stranger in a foreign land.
I doubly pine for my kinsfolk on holiday.
I know my brothers would with dogwood spray in hand,
Climb up the mountain and miss me so far away.

一个人独自漂泊在异乡，每到节日时就会格外思念远方的亲人。

重阳节了，遥想故乡的兄弟们都应该去登高望远了，那满山的草木馨香中，那满目的苍林浸染处，那身上插着茱萸的人群里，就少了一个我……

诗人王维十七岁时的作品，是他的名篇之一。朴素自然的描述，游子的思乡怀亲之情跃然纸上。

送别

［唐］王维

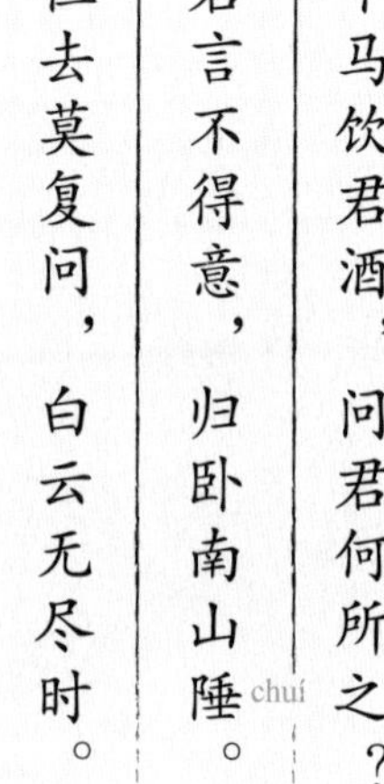

下马饮君酒，问君何所之？

君言不得意，归卧南山陲 chuí。

但去莫复问，白云无尽时。

At Parting

Wang Wei

Dismounted, I drink with you
And ask what you' ve in view.
"I can't do what I will;
So I' ll do what I will;
I' ll ask you no more, friend,
Let clouds drift without end!"

就算千里相送，也终有一别。

路远，风寒，请你下马喝杯酒暖暖吧，然后告诉我你要去哪里。

你说生活诸般不如意，要回去隐居在终南山旁，竹篱茅舍，明月星光，梅香煮酒，花影烹茶……

去吧，听从自己的内心，不必再为尘世的得失牵绊，你看那山中的白云无穷无尽，那白云的下面，也许就是我们都想要的与草木相濡以沫的自在生活。

这首诗写送友人归隐。诗人以问答的方式，既劝慰友人又对友人的归隐生活流露出羡慕和向往之情。词浅情深，意味深远。

送友人

［唐］薛涛

水国蒹葭夜有霜，月寒山色共苍苍。
谁言千里自今夕，离梦杳(yǎo)如关塞长。

Farewell to a Friend

Xue Tao

Waterside reeds are covered with hourfrost at night;
The green mountains are drowned in the cold blue moonlight.
Who says a thousand miles will separate us today?
My dream will follow you though you are far away.

深秋的夜晚，微微的风吹低了水边的蒹葭，在月光下泛着依稀荧光，宛如披上了一层薄霜，寒冷的月色与幽暗的山色浑然一体，寂寥而苍茫。

谁说我们自今夜一别就相隔千里了？离别之后，我的心会跟随着梦去到遥远的边塞，路有多长，梦就有多长……

此诗是唐代女诗人薛涛的代表作之一，是送别诗中的名篇。此诗隐含了《诗经》名篇《秦风·蒹葭》的意境。篇幅虽短，却藏无限蕴藉、无数曲折。

薛涛（约768－约834年），唐代女诗人，字洪度。长安（今陕西西安）人。她聪慧貌美，八岁能诗，熟悉音律，多才多艺。薛涛和当时的著名诗人元稹、白居易都有过唱酬交往。她居住在成都浣花溪边，自造桃红色的小彩笺，用以写诗。后人仿制，称为“薛涛笺”。建吟诗楼于碧鸡坊，在清幽的生活中度过晚年。有《锦江集》五卷，已失传。《全唐诗》录存其诗一卷。

出塞

［唐］王昌龄

秦时明月汉时关，万里长征人未还。
但使龙城飞将在，不教胡马度阴山。

On the Frontier

Wang Changling

The moon still shines on mountain passes as of yore.
How many guardsmen of the Great Wall are no more!
If the Flying General were still there in command,
No hostile steeds would have dared to invade our land.

秦汉时的明月，依旧照着绵延寂寥的边关。万里之遥，战事不断，守边御敌征战的人还没回还。

如果龙城飞将军李广还在，绝对不会允许胡人的骑兵越过阴山。

此诗是诗人赴西域时所作，体现慷慨激昂的向上精神和克敌制胜的强烈自信，也反映了人民的和平愿望。明代诗人李攀龙推崇此诗为唐人七绝的压卷之作，杨慎编选唐人绝句，也列它为第一。

王昌龄，唐代诗人。字少伯，京兆长安（今陕西西安）人。一作太原（今属陕西）人。开元十五年（727年）进士及第。《全唐诗》对昌龄诗的评价是“绪密而思清”，他的七绝诗尤为出色，甚至可与李白媲美，故被冠之以“七绝圣手”的名号。

芙蓉楼送辛渐

［唐］王昌龄

寒雨连江夜入吴，平明送客楚山孤。
洛阳亲友如相问，一片冰心在玉壶。

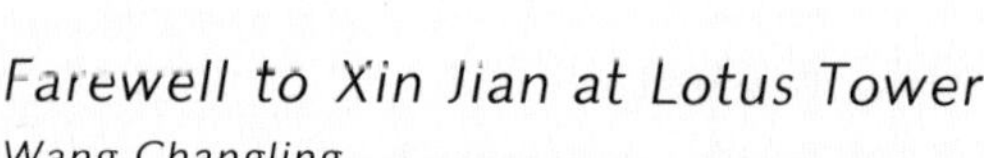

Farewell to Xin Jian at Lotus Tower

Wang Changling

A cold rain dissolved in East Stream invades the night;
At dawn you' ll leave the lonely Southern hills in haze.
If my friends in the North should ask if I'm all right,
Tell them I'm free from blame as ice in crystal vase.

夜来，冷雨倾盆而至，将天空与江水连成了茫茫一片。

天亮送别友人，当他的背影消失在山路的尽头，我独自对着连绵空旷的青山感觉特别孤独。

到了洛阳，如果有亲朋好友问起我的消息，请转告他们，我的心依然像珍藏在玉壶里的冰一样清澈晶莹不染一丝风尘，我对他们的思念始终如故。

此诗大约作于天宝元年（742 年）王昌龄赴任江宁（今南京）县丞时。辛渐是王昌龄的朋友，大约是由润州（今镇江）渡江，取道扬州，北上洛阳。王昌龄可能陪他从江宁到润州。此诗写的是江边送别友人时的心情。

送元二使安西

［唐］王维

渭城朝雨浥（yì）轻尘，客舍青青柳色新。
劝君更尽一杯酒，西出阳关无故人。

Seeing Yuan the Second Off to the Northwest Frontier

Wang Wei

No dust is raised on the road wet with morning rain;
The willows by the hotel look so fresh and green
I invite you to drink a cup of wine again;
West of the Sunny Pass no more friends will be seen.

清晨，春雨如丝，轻轻压低了渭城飞扬的风尘，驿馆周围的柳树在雨中格外葱郁清新。

即将远行的人啊你再多喝一杯酒吧，向西出了阳关就再也不会有可以一起一醉方休的朋友了。

诗人到渭城送朋友元二出使西北边疆时作的诗，后有乐人谱曲，名为《阳关三叠》。

送杜少府之任蜀州

［唐］王勃

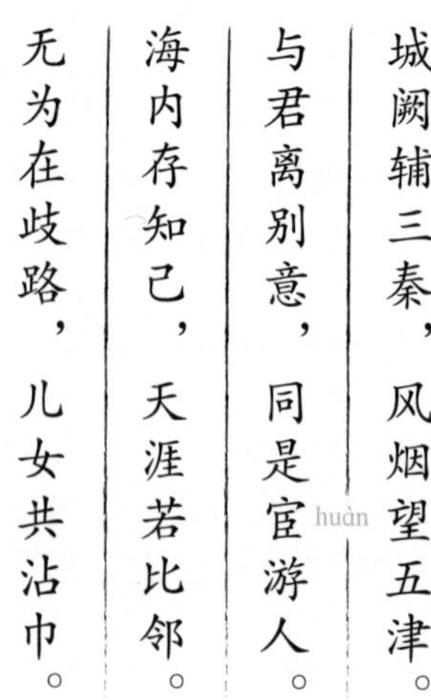

城阙辅三秦，风烟望五津。
与君离别意，同是宦（huàn）游人。
海内存知己，天涯若比邻。
无为在歧路，儿女共沾巾。

Farewell to Prefect Du

Wang Bo

You'll leave the town walled far and wide
For mist-veiled land by riverside.
I feel on parting sad and drear
For both of us are strangers here.
If you have friends who know your heart,
Distance cannot keep you apart.
At crossroads where we bid adieu,
Do not shed tears as women do!

登上城楼，看三秦之地护卫着巍峨雄伟的长安城，穿过风云烟雾可以遥望苍茫的蜀川。

与你离别心里有万千不舍，因为我们都是无奈地在宦海里沉浮、为了一顶乌纱帽四处漂流的人。

虽然这世间人情凉薄，所幸有你。只要有你这么一个意趣相投的知己在，哪怕是远在天涯也如同近邻。

分手的岔路口就在眼前了，可别像那小儿女似的泪流满面地告别啊……

此诗是作者在长安为送别到四川去做官的姓杜的少府写的，诗中慰勉友人勿在离别之时悲哀，一改传统送别诗伤感的情调，清新高远，独树一帜，成了送别诗中的不世经典。

王勃（约 649–676 年），唐代诗人，字子安，绛州龙门（今山西河津）人。少时即显露才华，与杨炯、卢照邻、骆宾王以文辞齐名，并称“初唐四杰”。其诗偏于描写个人生活，也有少数抒发政治感慨、隐喻对豪门世族不满之作，风格较为清新，但有些诗篇流于华艳。其散文《滕王阁序》广为传诵。

送东莱王学士无竞

［唐］陈子昂

宝剑千金买，平生未许人。
怀君万里别，持赠结交亲。
孤松宜晚岁，众木爱芳春。
已矣将何道，无令白发新。

Parting Gift

Chen Zi' ang

This sword that cost me dear, to none would I confide.
Now you are to leave here, let it go by your side.
Trees delight in spring day; the pine loves wintry air,
What more need I to say, don't add to your grey hair!

我有一把价值千金的宝剑，一直以来都没找到值得期许可以托付的人。

想到你马上就要去万里之外了，我要把宝剑送给你，让它见证我们的友情。

只有敢和冰雪抗争的孤傲的松树配得上喜欢冬天，一般的草木都喜欢在春天争奇斗艳。

都这样了，临别再说点什么呢，虽然生不逢时，你也千万不能就此消沉，不能虚度了年华，不能徒然新添了白发。

此诗作于诗人为挚友王无竞送行，以千金宝剑相赠之时。

陈子昂（约 661–702 年），唐代文学家，初唐诗文革新人物之一。字伯玉，梓州射洪（今属四川）人。其存诗共 100 多首。

别董大

[唐] 高适

千里黄云白日曛，北风吹雁雪纷纷。
莫愁前路无知己，天下谁人不识君。

Farewell to a Lutist

Gao Shi

Yellow clouds spread for miles and miles have veiled the day;
The north wind blows down snow and wild geese fly away.
Fear not you've no admirers as you go along.
There is no connoisseur on earth but lovers your song.

已是黄昏，暮云无边。大雪纷纷扬扬，北风吹得归雁举翅难飞，找不到前行的方向。

此去虽是前路茫茫，不要担心遇不到知己，这普天之下哪个不知道你啊。

唐玄宗天宝六年（747 年）春天，吏部尚书房琯被贬出朝，门客琴师董庭兰也离开长安。当年冬天，高适与董庭兰短暂聚会于睢阳（故址在今河南省商丘市南），又各奔他方，写了《别董大二首》，此为其一。此诗虽写别离但一扫缠绵幽怨的老调，雄壮豪迈，堪与王勃“海内存知己，天涯若比邻”的情境相媲美。

高适（约 704–765 年），唐代诗人。字达夫，渤海蓨（今河北景县）人。边塞诗与岑参齐名，并称“高岑”，风格也大略相近。有《高常侍集》。

赋得古原草送别

［唐］白居易

离离原上草，一岁一枯荣。
野火烧不尽，春风吹又生。
远芳侵古道，晴翠接荒城。
又送王孙去，萋萋满别情。

Grass on the Ancient Plain in Farewell to a Friend

Bai Juyi

Wild grasses spread over ancient plain;
With spring and fall they come and go.
Fire tries to burn them up in vain;
They rise again when spring winds blow.
Their fragrance overruns the way;
Their green invades the ruined town.
To see my friend going away,
My sorrow grows like grass overgrown.

春天的原野上，遍地芳草如绿水漫溢。

一年又一年，野草一次次弯腰谢幕，又一次次喜悦亮相。就算被野火带走了所有的颜色，又会在春风里带着装满深绿浅绿的妆奁盛大归来。

看那阳光下，远来的青青草色瞬间湮没了古道的荒凉，也让一座荒城转眼恢复了青葱翠碧的模样。

在这么美好的季节，却又要送别老友，离愁别绪如同这野草，绵延不绝。

此诗写于公元788年（唐德宗贞元三年），是作者十六岁时的应考习作。诗中通过对古原上野草的描绘，抒发送别友人时的依依惜别之情。是诗人白居易的成名作，也是传之千古的经典作品。

此诗作于唐宪宗元和五年（810年）前后，是白居易创作的组诗《秦中吟十首》中的第十首。此诗通过叙写长安贵族买牡丹花的场面，揭露了当时上层统治者奢侈豪华的奢靡生活，具有较深的社会意义。

买花

［唐］白居易

帝城春欲暮，喧喧车马度。
共道牡丹时，相随买花去。
贵贱无常价，酬直看花数。
灼灼百朵红，戋（jiān）戋五束素。
上张幄（wò）幕庇，旁织笆篱护。
水洒复泥封，移来色如故。
家家习为俗，人人迷不悟。
有一田舍翁，偶来买花处。
低头独长叹，此叹无人喻。
一丛深色花，十户中人赋。

Buying Flowers

Bai Juyi

The capital's in parting spring,
Steeds run and neigh and cab bells ring.
Peonies are at their best hours
And people rush to buy the flowers.
They do not care about the price,
Just count and buy those which seem nice.
For hundred blossoms dazzling red,
Twenty-five rolls of silk they spread.
Sheltered above by curtains wide,
Protected with fences by the side,
Roots sealed with mud, with water sprayed,
Removed, their beauty does not fade.
Accustomed to this way for long,
No family e' er thinks it wrong.
What's the old peasant doing there?
Why should he come to Flower Fair?
Head bowed, he utters sigh on sigh,
And nobody understands why.
A bunch of deep-red peonies,
Costs taxes of ten families.

暮春时节，长安城里车马喧哗熙熙攘攘。

都说正是牡丹盛开的好时节，国色天香封城，城里的人都纷纷结伴相携去买花。

春意任性，花价无常，以花的品种、数量论价，也可能以花的心情论价……

一百朵鲜艳欲滴的红牡丹有时抵得上二十五匹素缎的价值。

给牡丹花张起遮风挡雨的帷幕，再围起禁止入内摘花的篱笆。

还给喜欢的花枝洒上水、花根封好泥，然后移入自己的花园，被精心呵护的花株虽长途跋涉而来，花色仍鲜活依旧。

城里的家家户户都以年年伺候牡丹花事为习俗，人人都沉迷其间，妙不可言。

有一位老农偶然来到城里买花的地方，不禁低头长叹，可惜没有人懂得他的心思。

他想的是，长安的贵人们买这么一丛颜色艳丽的花，居然要花相当于他们那里十户中等人家所缴纳的赋税啊。

过酒家

［唐］王绩（节选）

此日长昏饮，非关养性灵。
眼看人尽醉，何忍独为醒。

The Wineshop

Wang Ji

Drinking wine all day long, I won't keep my mind sane.
Seeing the drunken throng, should I sober remain?

这些日子一直与酒相伴，天天昏昏沉沉，不知冷暖，不觉昼夜，也忘了时光流逝，但这和修身养性实在一点关系都没有。

只是一眼看去世人皆醉，实在不忍心我一个人独自清醒着。

王绩身处隋末衰乱之际，从人尽醉世事昏乱国将败之预感中产生了切肤之痛，因此不忍独醒求醉，此诗是遁世语，亦是愤世语。

第五章

有风×如北

CHAPTER FIVE

A cold wind from the North

柳

［唐］李商隐

曾逐东风拂舞筵yán，乐游春苑断肠天。
如何肯到清秋日，已带斜阳又带蝉。

To the Willow Tree

Li Shangyin

Having caressed the dancers in the vernal breeze,
You’ re ravished amid the merry-making trees.
How can you wail until clear autumn days are done,
To shrill like poor cicadas in the setting sun?

你曾经在舞筵上随着春风轻拂荡漾，如翠袖绿裙的女子舞姿翩跹，那是在乐游苑繁花似锦、觥筹交错的销魂春日啊。

你又怎么肯挨到这凄清寂寥的秋天来啊，如今又是斜照的夕阳又是哀鸣的秋蝉。

此诗约作于大中五年（851 年）。诗人借咏柳自伤迟暮，倾诉隐衷。

蝉

［唐］李商隐

本以高难饱，徒劳恨费声。
五更疏欲断，一树碧无情。
薄宦梗犹泛，故园芜已平。
烦君最相警，我亦举家清。

To the Cicada

Li Shangyin

High, you can’t eat your fill; in vain you wail and trill.
At dawn you hush your song; the tree is green for long.
I drift as water flows; and waste my garden grows.
Thank you for warning due, I am as poor as you.

蝉栖身高枝才难以饱腹，虽悲鸣不停却无人同情。

蝉彻夜嘶鸣，五更之后，叫声稀疏欲绝，可那些树青葱碧绿始终无动于衷。

我官职卑微到处漂泊，家乡的田园早已荒芜了。

多劳你以鸣叫提醒了我，我一家人的生活也和你一样清贫。

该诗借蝉栖高饮露的个性来表现自己虽仕途不顺却坚守清高之志，是托物咏怀的佳作。

落花

[唐] 李商隐

高阁客竟去，小园花乱飞。
参差连曲陌，迢递送斜晖。
肠断未忍扫，眼穿仍欲稀。
芳心向春尽，所得是沾衣。

Falling Flowers

Li Shangyin

The guest has left my tower high, my garden flowers pell-mell fly.
Here and there over the winding way, they say goodbye to parting day.
I won't sweep them with broken heart, but wish they would not fall apart.
Their love with spring won't disappear, each dewdrop turns into a tear.

高阁上的游客竞相离去，小园里的春花随之乱飞着缤纷凋零。看落花飘拂着、花影错落着连接了曲折的小径，看落花在远处无尽无休、连绵不绝地飞舞着送别夕阳。

我肝肠欲断一地落花不忍心扫去一瓣，我望眼欲穿盼得春来却无法留春住。花朵一往情深地点缀了春天，一片芳心最终还是落得个怆然涕下、泪湿衣襟。

诗人于唐武宗会昌六年闲居永乐期间所作。通过对自然中的花叶飘落的伤春惜花之情，表达了诗人素怀壮志，不见用于世的感慨。

霜月

［唐］李商隐

初闻征雁已无蝉，百尺楼高水接天。

青女素娥俱耐冷，月中霜里斗婵娟。

Frost and Moon

Li Shangyin

No cicadas trill when I first hear wild geese cry;
The high tower overlooks water blending with the sky.
The Moon Goddess and her Maid of Frost are cold-proof;
They vie in beauty in moonlight over frosty roof.

秋深了。

听到征雁的惊寒之声时已听不到聒噪的蝉鸣，登上百尺高楼，看霜月交辉、夜空如水，天地间一片澄澈空明。

掌管霜雪的青女和月宫里的嫦娥都是耐寒的冰肌玉骨，天愈冷愈显雾鬟风鬟之美，月中霜里犹在比较谁比谁更美好。

诗人在深秋月夜登楼远眺后所写。将静景活写，栩栩然呈现了霜月交辉的唯美景象。同时也反映了诗人在混浊的现实环境里追求美好、向往光明的深切愿望。

垂柳

［唐］唐彦谦

绊惹春风别有情，世间谁敢斗轻盈。
楚王江畔无端种，饿损纤腰学不成。

The Weeping Willow

Tang Yanqian

Flirting with vernal breeze, the willow sways so tender.
Who in the world can vie with it but the waist slender?
It is planted at random by the riverside.
How many maids fond of its leaves of hunger died?

风情万种地撩逗得春风魂不守舍的柳枝，这世间还有谁敢和它比腰细、谁能和它比轻盈呢。

江畔的垂柳本是楚王随意栽种，并无特别理由的无心之举，可楚王宫中的嫔妃宫女们，以为楚王喜欢腰细的女子，为了让自己腰细如柳，宁愿忍饥挨饿甚至饿死。

晚唐朝政腐败，大臣以竞相窥测皇帝意向为能，极尽逢合谄媚之能事。诗人对此深恶痛绝，遂写此诗。含蓄而深刻。

唐彦谦（？ –893 年），唐代诗人。字茂业，号鹿门先生，并州晋阳（今太原）人。博学多艺，擅长五言古诗。晚年隐居鹿门山，专事著述。有《鹿门集》三卷传世。

杨柳枝词

［唐］白居易

一树春风千万枝，嫩于金色软于丝。

永丰西角荒园里，尽日无人属阿谁？

Song of Willow Branch

Bai Juyi

A tree of million branches sways in breeze of spring,
More tender, more soft than golden silk string by string.
But in west corner of a garden in decay,
Who would come to admire its beauty all the day?

一树春风轻拂，千万条柳枝起舞。柳叶初绽的柳枝有着比金色嫩一些的容颜，还有比丝带还柔韧的腰身，说不尽的秀色照人，看不够的袅娜动人。

永丰西角的荒园，整日都没有人来，这美丽而寂寞的柳树到底属于谁或是等着谁呢？

白居易此诗约作于公元会昌三年至五年之间。此诗将咏物和寓意融在一起，全诗明白晓畅，有如民歌，加以描写生动传神，当时就“遍流京都”。

惜牡丹花

［唐］白居易

惆怅阶前红牡丹，晚来唯有两枝残。
明朝风起应吹尽，夜惜衰红把火看。

The Last Look at the Peonies at Night

Bai Juyi

I'm saddened by the courtyard peonies brilliant red,
At dusk only two of them are left on their bed.
I am afraid they can't survive the morning blast,
By lantern light I take a look at the long, long last.

阶前渐渐凋零的红牡丹，傍晚时只剩了两枝残花了，多么让人惆怅。

想到明天起风时所有的花都将吹去无踪，心生怜惜的我忍不住夜里举着火把来到花前，完成告别和相约。

诗人借写夜晚秉烛或执火赏花，表达了对翰林院中牡丹的厚爱，以及因为花期将过、春天将逝而恋恋不舍、无限惋惜的复杂心情。

大林寺桃花

［唐］白居易

人间四月芳菲尽，山寺桃花始盛开。

长恨春归无觅处，不知转入此中来。

Peach Blossoms in the Temple of Great Forest

Bai Juyi

All flowers in late spring have fallen far and wide,
But peach blossoms are full-blown on this mountainside.
I oft regret spring's gone without leaving its trace;
I do not know it's come up to adorn this place.

四月，人间的花朵都已纷纷谢幕退场，深山古寺的桃花才刚刚粉墨登场。

正为春天离席无处寻觅而惆怅不已，却不知它已悄悄转场到这里来了。

此诗作于唐宪宗元和十二年（817 年）四月。白居易时任江州（今江西九江）司马，年四十六岁。在江州（今九江）庐山上大林寺时即景吟成的一首七绝，立意新颖，构思巧妙，趣味横生，是唐人绝句中一首珍品。

白云泉

［唐］白居易

天平山上白云泉，云自无心水自闲。
何必奔冲山下去，更添波浪向人间！

White Cloud Fountain

Bai Juyi

Behold the White Cloud Fountain on the sky-blue Mountain!
White clouds enjoy pleasure while water enjoys leisure.
Why should the torrent dash down from the mountain high
And overflow the human world with waves far and nigh?

去天平山上看白云泉，白云自在舒卷无牵无挂，泉水自由奔流从容自得，多么令人向往的惬意时光。

泉水何必非要急急冲下山去呢，给多事的人间又徒增了新的波澜。

此诗写于白居易任苏州刺史任内，他以云水的逍遥自由比喻恬淡的胸怀与闲适的心情，表达了诗人渴望能早日摆脱世俗的向往。

早梅

［唐］齐己

万木冻欲折，孤根暖独回。
前村深雪里，昨夜一枝开。
风递幽香出，禽窥素艳来。
明年如应律，先发望春台。

To the Early Mume Blossoms

Qi Ji

Frozen are all the trees; Your warm root will not freeze.
In the village's deep snow Last night your branch did blow.
Fragrance oozed in wind light; Birds peep at you still white.
If you blossom next year, You will foretell spring's near.

经受不住严寒，万千树木都快冻折了枝干，唯有梅树的根似乎能从地下取暖重生。

白雪深掩的小村，昨夜悄悄开了一枝梅花。只有我看见了，这突然而至的猝不及防的美丽。

微风将梅花的幽香悄悄传递，鸟儿偷偷来看梅花素雅冷艳的样子。

明年梅花如果还能按时不约而来，希望它先开到很多人都可以看见的望春台去。

诗人从小家贫，一边放牛一边读书。后被寺院长老发现会吟诗作赋，收进寺里做了和尚。据说，一年冬天，他雪后出行，看到早梅开放、鸟儿翩跹，惊艳之余写下了这首诗。

齐己（约 863- 约 937 年），唐代僧人，著名诗人。俗名胡得生，唐潭州益阳（今湖南宁乡）人。出家后栖居衡岳东林，自号“衡岳沙门”。有《白莲集》。存诗十卷。

牡丹

［唐］薛涛

去春零落暮春时，泪湿红笺(jiān)怨别离。
常恐便同巫峡散，因何重有武陵期？
传情每向馨香得，不语还应彼此知。
只欲栏边安枕席，夜深闲共说相思。

To the Peony Flower

Xue Tao

Petal by petal you fell in late spring last year;
Since you are gone, my paper's wet with tear on tear.
I am afraid you'd vanish like cloud in a dream.
How can I wish to see you on Peach Blossom Stream?
Your fragrance sweet reveals you have a loving heart;
Your silence shows we know each other far apart.
By the side of your balustrade I'd only sleep;
To tell you how I long for you when night is deep.

去年牡丹花谢，正是暮春时节。我怨恨别离的眼泪啊，落在牡丹花瓣上，打湿了我心爱的深红小笺。

常常担心就此离别会像那传说里的巫山云雨一样不复相见，怎么会突然重新有了像武陵人那样的相逢？

花以馨香传情，人以信义相知。不需要说话就彼此明白，需要彼此拥有懂得和默契。

只想在那牡丹花的围栏边安置枕席，待到夜深，与花共眠，互诉相思。

此诗是薛涛为元稹所作。唐宪宗元和四年（809年）春，时任监察御史的元稹奉命出使蜀地，与薛涛作诗酬答，相互倾心，遂为知己。相别时，薛涛作《牡丹》诗赠元稹归京。

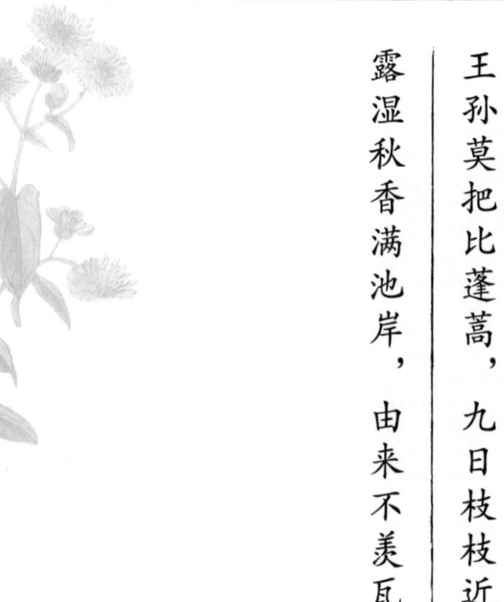

菊

［唐］郑谷

王孙莫把比蓬蒿，九日枝枝近鬓（bìn）毛。

露湿秋香满池岸，由来不羡瓦松高。

To the Chrysanthemum

Zheng Gu

Do not compare your leaves with tumbleweed in hue!

On Mountain-climbing Day our head's adorned with you.

When poolside shores are sweet with your blooms wet with dew,

None envy pine-like plants high on the eaves in view.

王孙公子们千万别把菊苗认作了野生的蓬蒿草，虽然它们长得有点像。到了九月九日重阳节，登高的人们赏菊、饮酒、佩茱萸，再把一枝枝菊花插在鬓发间，就知道菊苗有多美好了。

秋天的早上，露水让菊花更润泽更芬芳，冷香漫过了池岸，漫过了山冈，也漫过了城池村庄。因此啊，菊花从来就不羡慕瓦檐上的瓦松有多高。

题为菊，却通篇不见一个菊字，但句句写菊。作者赋予菊不求高位、不慕荣利的高洁气质，寄寓着作者的高尚品格。

郑谷（约851-910年），唐朝末期著名诗人。字守愚，汉族，江西宜春市袁州区人，以《鹧鸪诗》得名。其诗多写景咏物之作，表现士大夫的闲情逸致。风格清新通俗，但流于浅率。原有集，已散佚，存《云台编》。

海棠

［唐］郑谷

春风用意匀颜色，销得携觞(shāng)与赋诗。
秾(nóng)丽最宜新著雨，娇娆全在欲开时。
莫愁粉黛临窗懒，梁广丹青点笔迟。
朝醉暮吟看不足，羡他蝴蝶宿深枝。

To the Crabapple Flower

Zheng Gu

The vernal breeze has brightened your color so fine;
You stir my mind to write a verse before good wine.
With rain impearled on you, more beautiful you grow;
You' re all the more bewitching when about to blow.
The fair forgets to powder her face before you;
The painter hesitates to draw your picture new.
Nor verse nor wine's enough to show delight in me;
I envy butterflies perching deep in your tree.

一定是春风特意为海棠调制了国色天香的颜色，惹得诗人为之销魂为之小酌为之赋诗。

娇妍艳丽最宜带着雨滴看，楚楚动人。海棠妖娆多姿都在将开欲开时，欲拒还迎。

莫愁惊艳于海棠的美丽倚着窗边懒于梳妆，梁广为海棠的娇艳迟迟不肯动笔。

整日为海棠流连忘返、如痴如醉怎么都看不够，甚至羡慕蝴蝶能睡在海棠花间。

诗人抽丝剥茧般层层递进地呈现了海棠的美，是一首咏海棠的佳作。

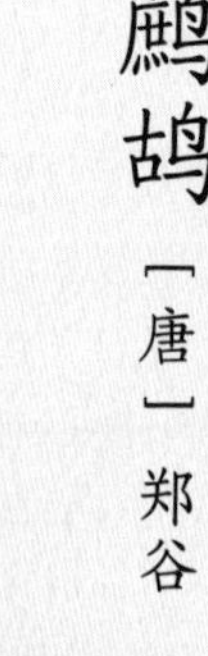

鹧鸪

［唐］郑谷

暖戏烟芜锦翼齐，品流应得近山鸡。
雨昏青草湖边过，花落黄陵庙里啼。
游子乍闻征袖湿，佳人才唱翠眉低。
相呼相应湘江阔，苦竹丛深日向西。

To the Partridges

Zheng Gu

Over warm misty grassland wing to wing you fly.
As fair and good as pheasants in the mountain high.
When Grass-green Lake is darkened in rain, you pass by;
When flowers fall on the Imperial Tomb, you cry.
A roamer would wet his sleeves with tears on hearing your song;
His wife'd sing after you with lowered eyebrows long.
You echo each other on Southern River wide;
The sun sets on the bamboo grove by the Tombside.

暖暖的日子，山岚弥漫的幽静处，鹧鸪在嬉戏。它绚丽的羽毛、高雅的风致和美丽的山鸡多么相似。

烟雨黄昏时，它从青草湖边怅然飞过。花落满地时，它在黄陵庙里愁苦悲啼。

一听到鹧鸪的鸣叫，游子的泪水不知不觉就湿了衣袖。刚开口唱《山鹧鸪》相思曲，女子就黯然蹙眉伤心。

湘江宽阔，鹧鸪声声此起彼伏。夕阳西下，鹧鸪飞入苦竹深处。

此诗借描绘鹧鸪表达游子强烈的思归之情。诗人紧紧把握住人和鹧鸪在感情上的联系，使人和鹧鸪融为一体，构思精妙缜密，诗名借此远播，人称“郑鹧鸪”。

白莲

［唐］陆龟蒙

素蘤（huā）多蒙别艳欺，此花端合在瑶池。
无情有恨何人觉？月晓风清欲堕（duò）时。

White Lotus

Lu Guimeng

White lotus blooms are often outweighed by red flowers;
They'd rather be transplanted before lunar bowers.
Heartless they seem, but they have deep grief no one knows.
See them fall in moonlight when the morning wind blows.

素雅的花经常会被艳丽的花所欺。我想像白莲花这样冰清玉洁的花就应该生长在传说中的瑶池里，这样才不会和俗世的脂粉格格不入，才不会在人间的风尘里沉沦。

白莲花夏日凌波独立看似无情，白莲花秋日黯然凋零看似有恨，无情也好有恨也罢，又有谁知道谁在乎呢？月明风清天欲晓时，正是美丽孤寂的白莲花花瓣将要坠落的时候。

此诗写白莲，但没有对白莲作具体描绘，而是抓住白莲颜色的特点，暗喻洁身自好的人，表现了封建时代知识分子的孤芳自赏、怀才不遇的心理。

陆龟蒙，唐代文学家。字鲁望，姑苏（今江苏苏州）人。其诗以写景咏物为多。有《甫里集》二十卷传世。《全唐诗》录存其诗十四卷。

菊花

［唐］元稹

秋丛绕舍似陶家，遍绕篱边日渐斜。
不是花中偏爱菊，此花开尽更无花。

Chrysanthemums

Yuan Zhen

Around the cottage like Tao's autumn flowers grow;
Along the hedge I stroll until the sun slants low.
Not that I favor partially the chrysanthemum,
But it is the last flower after which none will bloom.

被丛丛秋菊围绕，被清雅菊香簇拥，这房子多像陶渊明的家。跟着篱笆绕屋赏菊，不知不觉的太阳就快落山了。

不是我特别偏爱菊花，而是这菊花是最后的花事了。菊花谢后，再也无花可赏。

诗人于贞元十二年（公元 807 年）作于长安。虽然写的是咏菊这个寻常的题材，但用笔巧妙，别具一格，诗人独特的爱菊理由新颖自然，不落俗套。

题菊花

［唐］黄巢

飒(sà)飒西风满院栽，蕊(ruǐ)寒香冷蝶难来。
他年我若为青帝，报与桃花一处开。

To the Chrisanthemum

Huang Chao

In soughing western wind you blossom far and nigh;
Your fragrance is too cold to invite butterfly.
Some day if I as Lord of Spring come into power,
I'd order you to bloom together with peach flower.

秋风飒飒，满院菊花傲霜开放。那花蕊散发着幽冷细微的香，可惜怕冷的蝴蝶难以到来。

有朝一日我如果能成为掌管春天时令的司春之神，一定要让菊花和桃花一起在盛大美好的春天绽放，让蝴蝶和蜜蜂也都在场。

此诗为唐末农民起义领袖黄巢所作。作者托物言志，抒发了力图主宰社会的豪迈思想。其不同凡响之处在于它展开了充满浪漫主义激情的大胆想象。此诗当作于黄巢年轻时发动起义之前。

黄巢（820–884年），曹州冤句（今山东菏泽西南）人，唐末农民起义领袖。出身盐商家庭，善于骑射，粗通笔墨，却屡试不第。曾兵进长安称帝。《全唐诗》录其三首七言诗。

小松

〔唐〕杜荀鹤

自小刺头深草里，而今渐觉出蓬蒿。
时人不识凌云木，直待凌云始道高。

The Young Pine

Du Xunhe

While young, the pine tree thrusts its head amid tall grass;
Now by and by we find it outgrow weed in mass.
People don't realize it will grow to scrape the sky;
Seeing it tower in cloud, then they know it's high.

很少有人注意到松树小的时候就长在野草深处，现在才感觉到它是从草丛中挺身而出，才感觉它和野草的不同。

总有那么一些目光短浅的人，当时不识得有凌云之志的树木，直到它已经高耸入云了才会后知后觉的跟风赞同。

诗人出身寒微，虽然年轻时就才华毕露，还是报国无门，一生潦倒，就如埋没深草里的“小松”。诗人由此创作此诗抒发自己的愤懑之情。

杜荀鹤（846–904年），晚唐现实主义诗人。字彦之，号九华山人，池州石埭（今安徽石台）人。相传为杜牧出妾之子。出身寒微，屡试不第。他提倡诗歌要继承风雅传统，反对浮华，其诗语言通俗、风格清新，后人称“杜荀鹤体”。部分作品反映唐末军阀混战局面下的社会矛盾和人民的悲惨遭遇，当时较突出，宫词也很有名。有《唐风集》。

感遇

［唐］陈子昂

兰若生春夏，芊(qiān)蔚(wèi)何青青！
幽独空林色，朱蕤(ruí)冒紫茎。
迟迟白日晚，袅(niǎo)袅秋风生。
岁华尽摇落，芳意竟何成？

The Orchid

Chen Zi'ang

In late spring grows the orchid good,
How luxuriant are its leaves green!
Alone it adorns empty wood,
With red blooms and violet stems lean.
Slowly, slowly shortens the day;
Rippling, rippling blows autumn breeze.
By the year's end it fades away.
What has become of it fragrance, please?

兰花和杜若生于春夏，枝叶多么繁茂葱郁。

它们的幽雅清秀让林中所有的草木都黯然失色，红色的花朵矜持地覆盖着紫色的花茎。

夏日将近，白天渐短，慢慢地起秋风了。花朵凋零，年华流逝，美好的心愿究竟如何才能实现？

此诗是诗人所写的以感慨身世及时政为主旨的三十八首《感遇》诗中的第二首，诗中以香兰杜若自喻，透露出自己报国无门、壮志难酬的苦闷，抒发了芳华易失、时不我待的感慨。

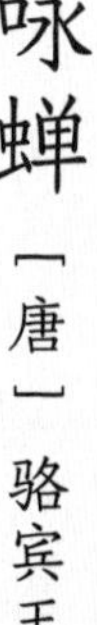

咏蝉

［唐］骆宾王

西陆蝉声唱，南冠客思深。
不堪玄鬓(bin)影，来对白头吟。
露重飞难进，风多响易沉。
无人信高洁，谁为表予心？

The Cicada

Luo Binwang

Of autumn the cicada sings; in prison I'm worn out with care.
How can I bear its blue black wings; which remind me of my grey hair?
Heavy with dew it cannot fly; drowned in the wind, its song's not heard
Who would believe its spirit high; could I express my grief in word?

秋蝉不停歇地唱着，勾起了我这个囚徒的万千愁思。真的忍受不了它扇动乌黑的翅膀，对着我的满头白发无休无止地悲鸣。

秋露一天天的重了，那蝉就算有翅膀也难以高飞了。秋风越来越猛了，很容易就把蝉声淹没了。

有谁能相信蝉栖高饮露品行高洁？又有谁能看见我的报国诚心为我这个无辜的身陷囹圄之人昭雪沉冤？

此诗写于唐高宗仪凤三年（678年），是骆宾王因上疏论事触忤武则天遭诬下狱时的身陷囹圄之作。作者歌咏蝉的高洁品行，以蝉比兴，以蝉寓己，是咏物诗中的名作。

骆宾王（约619–687年），唐代文学家。字观光。婺州义乌（今属浙江）人。曾随徐敬业起兵反对武则天，作《讨武曌檄》，兵败后不知所终，或说被杀，或说为僧。他与王勃、杨炯、卢照邻以诗文齐名，为“初唐四杰”之一。有《骆宾王文集》。

咏鹅

［唐］骆宾王

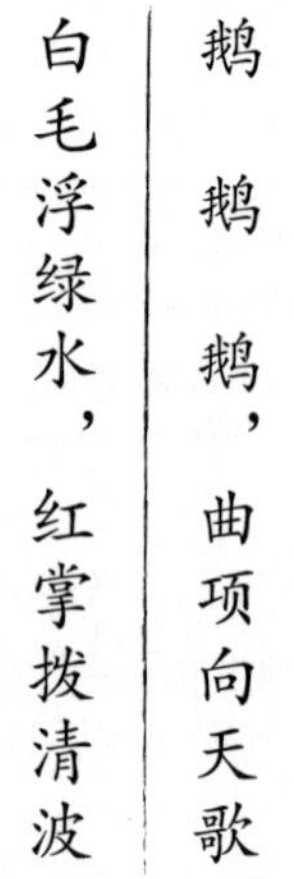

鹅 鹅 鹅，曲项向天歌。

白毛浮绿水，红掌拨清波。

O Geese

Luo Binwang

O geese, O geese, O geese!

You crane your neck and sing to sky your song sweet.

Your white feathers float on green water with ease.

You swim through clear waters with your red-webbed feet.

鹅！鹅！鹅！

长长的脖子斜伸着对天唱歌。

雪白的羽毛云朵一般轻浮在翠绿的水面上。

红红的脚掌轻轻拨碎一池镜子一般清澈平静的水波。

骆宾王于七岁时所写。据说是家中来客有意试试年少聪慧的骆宾王，指着池塘里的鹅儿要他以鹅作诗，骆宾王略略思索便创作了此诗。诗中听觉与视觉、静态与动态、音声与色彩完美结合，鹅的形神活现而出。

子规

［唐］吴融

举国繁华委逝川，羽毛飘荡一年年。
他山叫处花成血，旧苑春来草似烟。
雨暗不离浓绿树，月斜长吊欲明天。
湘江日暮声凄切，愁杀行人归去船。

To the Cuckoo

Wu Rong

You see your splendor gone with the wind disappear;
You waft with resplendent feather from year to year.
Your tears have dyed the flowers red in alien hill;
But when spring comes to your garden, grass looks green still.
Among the leaves, trees dark in rain long you stay;
At moonset you wail and wait for the dawning day.
On Southern River you sadden the setting sun.
Why should you drown in grief the boat of roaming son?

杜鹃将繁华的故国付诸了逝去的东流水，除了一身羽毛啥也不带，孑然一身年复一年四处飘荡。

它在异乡伤心欲绝地啼血鸣叫，满山的花都被染成了血红色。而春天的故园，不悲不喜，草木兀自茂盛、翠色弥漫如烟。

下雨时天色再昏暗它也不离开，藏在绿树丛中哀啼；月亮斜落时它也不走，迎着新的曙光悲鸣。日日，夜夜，天天，年年……

特别是天色渐晚，它在湘江边一声声凄凉长鸣，让路过的行人和来来去去的船上的旅人听得愁肠百结、悲不能已。

旧时有蜀国国王失国身死，魂魄化身杜鹃悲啼的传说。作者借这首咏杜鹃的诗抒发了他仕途失意而又远离故乡的痛苦心情。

吴融（850—903年），唐末诗人。字子华，越州山阴（今浙江绍兴县）人。

早雁

［唐］杜牧

金河秋半虏(lǔ)弦开，云外惊飞四散哀。
仙掌月明孤影过，长门灯暗数声来。
须知胡骑纷纷在，岂逐春风一一回？
莫厌潇湘少人处，水多菰(gū)米岸莓苔。

To the Early Wild Geese

Du Mu

The foe shoot arrows on frontier in autumn day;
The startled grieved wild geese disperse and fly away.
The statue sees their shadows pass beneath the moon bright;
The lonely palace hears their cries in candlelight.
You know the foe would run their horses therefore long.
Could you go back one and all when spring sings its song?
Don't say few live on Southern rivers up and down!
With water plants the Southern shores are overgrown.

八月，北方边地的回鹘士兵弯弓射箭，天上的大雁被惊吓得四散溃逃哀鸣连连。

孤雁的影子掠过被月光照亮的承露仙掌，孤雁的哀鸣传到昏暗的长门宫前。

要知道北方正战事纷纷，大雁们怎么可能追随着春风一一回归家园？

不要嫌弃潇湘一带人烟稀少，这里水中野生的菰米莓苔足以让大雁免受饥寒。

唐武宗会昌二年（842 年）八月，北方回鹘族南侵，引起边民纷纷逃亡。杜牧时任黄州（今湖北黄冈）刺史，闻此忧之，写下此诗。通篇采用比兴象征手法，表面上似乎句句写雁，实际上句句写时事。风格婉曲细腻，清丽含蓄，为杜牧诗中别开生面之作。

燕子来舟中作

［唐］杜甫

湖南为客动经春，燕子衔（xián）泥两度新。
旧入故园尝识主，如今社日远看人。
可怜处处巢居室，何异飘飘托此身。
暂语船樯（qiáng）还起去，穿花贴水益沾巾。

To the Swallow Coming to My Boat

Du Fu

Another spring in boat I stay; again swallows peck clods of clay.
You know me in my native land; now gazing from afar you stand.
Ah, here and there you build your nest; now and again I find no rest.
You greet me and then leave the mast; my tears stream down to see you past.

又见燕子。

自从漂泊到这洞庭湖以南客居，不知不觉又过了一个春天了，燕子也是第二次在这里衔泥筑巢了。

燕子啊燕子，以前你每次回到我的故园都记得我。如今春社之日在船上相见，你却远远地看着我，犹疑着不敢靠近。

可怜你居无定所，处处在别人的屋檐下筑巢为家，这和我浮萍般颠沛流离到处寻找安身之地有什么区别呢？

你在桅杆上暂时对着我呢喃叮咛，终究还是要飞身离去。你似乎不舍地绕船盘桓、贴水低飞，终于穿花飞去的样子让我更加伤心。

此诗是作者漂泊动荡生活里的忧思，看似咏燕，实是慨叹身世茫茫。也是杜甫生命即将走到尽头的一篇诗作，已经淡去了早些年强烈的政治主题，而弥漫着萧索、苍凉的身世之慨。

归雁

[唐] 钱起

潇湘何事等闲回？水碧沙明两岸苔。
二十五弦弹夜月，不胜清怨却飞来。

To the North-flying Wild Geese

Qian Qi

Why won't you stay on Southern River any more?
Why leave its water clear, sand bright and mossy shore?
You cannot bear the grief revealed in the moonlight
By the Princess' twenty-five strings, so you take flight.

大雁啊，潇湘那里有什么过不去的事让你轻易决定离开？那里沙滩明净，两岸水草丰美，环境安宁祥和，多么适合生活的地方。

是不是湘水女神在月夜鼓瑟，瑟声太过凄婉，大雁你实在听不下去了，只好回来。

此诗是唐代诗人钱起所作。诗人入任后长期客居北方，看见南方归来的大雁，触动情怀，于是写下了这首《归雁》。

钱起（约722–780年），字仲文，吴兴（今浙江湖州市）人，唐代诗人。唐天宝十年（751年）进士，大书法家怀素和尚之叔。被誉为“大历十才子之冠”。钱起的诗多为赠别之作，与社会现实相距较远。但具有较高的艺术水平，风格清空闲雅，尤长于写景，为大历诗风的杰出代表。著有《钱考功集》。

隋宫燕

［唐］李益

燕语如伤旧国春，宫花旋落已成尘。
自从一闭风光后，几度飞来不见人。

Swallows in the Ruined Palace

Li Yi

The swallows' twitter seems to grieve over the lost spring;
To dust have returned palace flowers on the wing.
Since the overthrown dynasty closed its splendid scene,
They have come many times but nobody is seen.

昔日的隋朝行宫，燕子在屋檐间边衔泥筑巢边呢喃声声，似乎在伤感曾经的隋朝的春天盛景，那宫里的花们寂寞地开了，又无声无息地凋落成泥。

自从亡国，自从锁上了风光无限的隋朝行宫，燕子很多次飞来都没有看见有人在宫里出现了，那些衣香鬟影，那些歌舞礼乐，恍如一梦。

此诗描述的是隋宫前的春燕呢喃，抒发的却是诗人对人世沧桑的叹息及对隋王朝的衰亡之感。

李益（748–829年），唐代诗人。字君虞，陇西姑臧（今甘肃武威）人。大历四年（769年）进士。自编从军诗50首。

蝉

［唐］虞世南

垂緌(ruí)饮清露，流响出疏桐(tóng)。
居高声自远，非是藉(jiè)秋风。

To The Cicada

Yu Shinan

Though rising high, you drink but dew;
Yet your voice flows from sparse plane trees.
Far and wide there's none but hears you;
You need no wings of autumn breeze.

蝉垂着帽缨一般的触角吸吮着清甜的露水，疏朗的梧桐树林里蝉鸣声连绵不绝地传出。

蝉是因为自己身在高处声音才传得远，并非是靠着秋风助力相送。

全诗简练传神，比兴巧妙，以秋蝉高洁傲世的品格自况，耐人寻味。

虞世南（558 － 638 年），唐代诗人、书法家。字伯施，余姚人。他作为唐贞观年间画像悬挂在凌烟阁的二十四勋臣之一，名声在于博学多能，高洁耿介，与唐太宗谈论历代帝王为政得失，能够直言善谏，为贞观之治做出独特贡献。唐太宗称其有德行、忠直、博学、文辞、书翰五绝。传世墨迹有碑刻《孔子庙堂碑》《破邪论》等，书法理论著作有《笔髓论》《书旨述》。另有诗文集 10 卷行于世，今存《虞秘监集》4 卷。

蜂

［唐］罗隐

不论平地与山尖，无限风光尽被占。
采得百花成蜜后，为谁辛苦为谁甜？

To the Bee

Luo Yin

On the plain or atop the hill,
Of beauty you enjoy your fill.
You gather honey from flowers sweet.
For whom are you busy and fleet?

无论是平地还是山顶，只要是有鲜花盛开的地方，都会被辛勤的蜜蜂甜蜜占领。

但谁又知道，蜜蜂们采尽百花酿成了蜂蜜后，到底是为谁忙忙碌碌又为了让谁甜甜蜜蜜呢？

看似写蜜蜂，其实是表达了对辛勤耕作的劳动人民的赞美和对不劳而获者的痛恨和不满。

罗隐（833–910 年），字昭谏，新城（今浙江富阳市新登镇）人，唐代诗人。著有《谗书》及《太平两同书》等，思想属于道家。

云

［唐］来鹄 hú

千形万象竟还空，映水藏山片复重。
无限旱苗枯欲尽，悠悠闲处作奇峰。

To the Cloud

Lai Hu

You have a thousand shapes in flakes or piles in vain;
Hidden in mountains or on water you remain.
The drought is so severe that all seedlings would die.
Why won't you come down but leisurely tower high?

那云在天上千姿百态地幻变着折腾好久，最后竟一颗雨都没下，让满心盼雨的心都落了空。那些云啊，时而纤薄一片，时而重重叠叠，时而映入水中，时而藏入山里。

一边是无数旱苗因缺水而奄奄一息，亟盼甘霖。一边是悠闲的云在天上事不关己地千变万化，不问苍生。

古代诗歌中咏云的名句很多，但用劳动者的眼光、感情来观察、描绘云的，却几乎没有。来鹄算是个意外。

来鹄（？–883年），豫章（在今江西省南昌附近）人。其诗多描写旅居愁苦的生活，也有表现民间疾苦的作品。《全唐诗》收录其诗一卷。

咏风

［唐］王勃

肃肃凉风生，加我林壑(hè)清。
驱烟寻涧户，卷雾出山楹(yíng)。
去来固无迹，动息如有情。
日落山水静，为君起松声。

The Breeze

Wang Bo

Soughing, the cool breeze blows; My wooded dell clean grows.
It drives smoke off the rill, Rolls up mist over the hill,
Leaves no trace when we part, And moves as if moved at heart.
When sunset calms the scene, Hear the song of pines green!

凉风习习，山谷里、树林间顿时一片清凉静谧。

风儿驱散了山涧上的烟云才能找到人家，风儿卷起山间的雾霭才能看见房屋。

来无影去无踪的风，从来不留痕迹，可它吹动草木的样子似乎满含深情，欲语还休。

当太阳西下，山水俱寂，风儿啊又在松林间轻轻掠过，推推搡搡间，一片此起彼伏的松涛声。

此诗以风喻人，借风咏怀，赞美风的高尚品格和勤奋精神，抒写了诗人普济天下苍生的情怀。全诗立意新颖，构思奇巧。不仅是王勃咏物诗的代表作，也是历代咏风诗中的佳作。

观祈雨

[唐] 李约

桑条无叶土生烟，箫管迎龙水庙前。
朱门几处看歌舞，犹恐春阴咽(yān)管弦。

Praying for Rain

Li Yue

No leaves sprout from mulberry trees on drought-scorched earth;
Flutes and pipes are played to evoke the Rain God's mirth.
But the rich see dances and hear songstresses sing;
They only fear rain clouds would damage their lute string.

好久没有下雨了，桑树枝上都光光的长不出叶子，地上干得尘土飞扬，像在冒烟一样。龙王庙前，为天旱所苦的人们箫管齐鸣地祈求普降甘霖、润泽万物，祈求给人间一个风调雨顺的好年景。

而富贵人家却依旧家家锦衣玉食处处歌舞升平，还担心阴雨的春天会使乐器受潮发不出清亮悦耳的声音。

一首悯农诗，写观看春日祈雨的感慨。通过对久旱无雨时两种不同生活的描绘，反映了作者对豪门荒淫生活的无比愤慨以及对农民苦难生活的深切同情。全诗语言含蓄，风格委婉。

李约，字在博，一作存博，唐朝诗人。郑王元懿玄孙，有画癖，善画梅。

鸣筝

［唐］李端

鸣筝金粟(sù)柱，素手玉房前。
欲得周郎顾，时时误拂弦。

The Golden Zither

Li Duan

How clear the golden zither rings
When her fair fingers touch its strings.
To draw attention of her lord,
Now and then she strikes a discord.

你听金粟轴的古筝发出多么美妙的声音，你看拨弦的女子的纤纤素手轻搁在玉制的筝枕上多么美丽。

为了引起周郎的注意赢得他的顾盼，她故意时不时地拨错弦。只是这美丽的错误啊，不知能否等来美丽的遇见。

此诗是唐代诗人李端所作。描写了一位弹筝女子为了引起所爱慕的人的注意，故意将弦拨错，甚是可爱。

李端（约743–782年），字正己。赵州（今河北省赵县）人。大历中进士。任秘书省校书郎，官至杭州司马。李端才思敏捷，工于诗作，又长于弈棋，为“大历十才子”之一。喜作律体，有《李端诗集》。

其一

春种一粒粟（sù），秋收万颗子。
四海无闲田，农夫犹饿死。

其二

锄（chú）禾日当午，汗滴禾下土。
谁知盘中餐，粒粒皆辛苦？

The Peasants

Li Shen

（1）

Each seed when sown in spring, will make autumn yields high.
What will fertile fields bring? Of hunger peasants die.

（2）

At noon they weed with hoes; their sweat drips on the soil.
Each bowl of rice, who knows? Is the fruit of hard toil.

春风里撒下一粒种子，秋天时就可以收获一万颗粮食。

可是天下几乎没有一块空闲弃耕的田，种田的农夫却依然有缺粮活活饿死的。

给禾苗锄草时正好是太阳很猛的正午，脸上的汗水一滴滴地掉进了泥土。

谁能知道这盘里的饭，每一粒都来自农民的辛勤劳动，每一颗都来自农民的辛苦汗水。

这组诗反映了中国封建时代农民终年辛勤劳动却食不果腹的生存状态，表达了诗人对农民真挚的同情之心。诗风简朴厚重，语言通俗质朴。

李绅（772–846年），汉族，亳州（今属安徽）人，生于乌程（今浙江湖州），长于润州无锡（今属江苏）。字公垂。35岁考中进士，补国子助教。与元稹、白居易交游甚密，是在文学史上产生过巨大影响的新乐府运动的参与者。作有《乐府新题》20首，已佚。著有《悯农》诗两首，脍炙人口，妇孺皆知，千古传诵。《全唐诗》存其诗四卷。

剑客

［唐］贾岛

十年磨一剑，霜刃未曾试。
今日把示君，谁有不平事。

A Swordsman

Jia Dao

I’ ve sharpened my sword for ten years;
I do not know if it will pierce.
I show its blade to you today.
O who has any grievance? Say!

十年的光阴，十年的锤炼，终于打磨了一把好剑，剑刃如霜，寒光毕现，不过还没真正试过锋芒。

今天我把它拿出来展示给你，就是想让你知道，如果谁有不平之事，你可以告诉我，我一定会仗剑帮人讨回公道。

这首诗思想性与艺术性结合得自然而巧妙。全诗感情奔放，气势充沛，诗人以剑客的口吻，着力刻画“剑”和“剑客”的形象，托物言志，抒发了兴利除弊、实现政治抱负的豪情壮志。

游子吟

［唐］孟郊

慈母手中线，游子身上衣。
临行密密缝，意恐迟迟归。
谁言寸草心，报得三春晖（huī）。

Song of the Parting Son

Meng Jiao

From the threads a mother's hand weaves,
A gown for parting son is made.
Sown stitch by stitch before he leaves,
For fear his return be delayed.
Such kindness as young grass receives,
From the warm sun can't be repaid.

慈母用一针一线，为将出门的孩子缝制衣裳。

临行时还在不停地密密缝针，一针叮咛，一针担忧，一针不舍，一针憧憬……

就怕孩子在外待久了，衣服会不够结实；就怕孩子回来晚了，衣服会不够御寒。

谁敢保证，儿女微如草芥的孝心，能报答得了像春光一样浩荡无私的母爱呢？

采用白描的手法，通过回忆一个看似平常的临行前缝衣的场景，歌颂了母爱的伟大与无私。此诗情感真挚自然，淳朴素淡的语言中蕴含着浓郁醇美的诗味，千百年来广为传诵。

孟郊（751–814年），唐代诗人。字东野。湖州武康（今浙江德清）人。少年时隐居嵩山。近五十岁才中进士，与韩愈交谊颇深。其诗感伤自己的遭遇，多寒苦之音。与贾岛齐名，有“郊寒岛瘦”之称。有《孟东野诗集》。

第六章

千山×暮雪

CHAPTER SIX

Thousands of miles of mountains and rivers are far away, and the snow is shining in the dusk.

岑夫子，丹丘生，将进酒，杯莫停。

与君歌一曲，请君为我倾耳听。

钟鼓馔(zhuàn)玉不足贵，但愿长醉不复醒。

古来圣贤皆寂寞，惟有饮者留其名。

陈王昔时宴平乐，斗酒十千恣欢谑(xuè)。

主人何为言少钱，径须沽(gū)取对君酌。

五花马，千金裘，呼儿将出换美酒，与尔同销万古愁。

将进酒

［唐］李白

君不见，黄河之水天上来，奔流到海不复回。
君不见，高堂明镜悲白发，朝如青丝暮成雪。
人生得意须尽欢，莫使金樽空对月。
天生我材必有用，千金散尽还复来。
烹羊宰牛且为乐，会须一饮三百杯。

一般认为此诗是李白天宝年间离京后，漫游梁、宋，与友人岑勋、元丹丘相会时所作。诗人借题发挥，借酒浇愁，抒发自己的愤激情绪。全诗篇幅不算长，却五音繁会，气象不凡。它笔酣墨饱，情极悲愤而作狂放，语极豪纵而又沉着，具有很强的感染力。

Invitation to Wine

Li Bai

Do you not see the Yellow River come from the sky,
Rushing into the sea and ne'er come back?
Do you not see the mirrors bright in chambers high,
Grieve o'er your snow-white hair though once it was silk-black?
When hopes are won,oh!Drink your fill in high delight,
And never leave your wine-cup empty in moonlight!
Heaven has made us talents,we're not made in vain.
A thousand gold coins spent,more will turn up again.
Kill a cow,cook a sheep and let us merry be,
And drink three hundred cupfuls of wine in high glee!
Dear friends of mine,Cheer up,cheer up!I invite you to wine.
Do not put down your cup!
I will sing you a song, please hear, O hear! Lend me a willing ear!
What difference will rare and costly dishes make?
I only want to get drunk and never to wake.
How many great men were forgotten through the ages?
But great drinkers are more famous than sober sages.
The Prince of Poets feast'd in his palace at will,
Drank wine at ten thousand a cask and laughed his fill.
A host should not complain of money he is short,
To drink with you I will sell things of any sort.
My fur coat worth a thousand coins of gold;
And my flower-dappled horse may be sold;
To buy good wine that we may drown the woes age-old.

你难道没有看见，那黄河的水从远远的天边滚滚而来，一路不曾片刻停歇，径自奔流入海，永远不再回头。

你难道没有发现，阳光照亮屋内的镜子时，也照亮了镜前人的苍苍白发，明明早上还是一头如云轻绾的黑发，到了晚上已是满肩发白如雪了。

人生得意的时候一定要痛痛快快地尽情欢乐，美轮美奂的明月挂在天上时千万不要让金酒杯白白空着。

如同时光终归留不住，美好的东西也都转瞬即逝。功名啊欢情啊，惜取要趁青春时，不要等风吹过去了才徒劳地想起要追。

相信上天把我安排在这世间一定有它的用处，相信那被我千金一掷散尽的黄金也一定会以另一种方式重新回来。

姑且煮羊宰牛好好享受当下的快乐，就算喝个三百杯又如何。

岑夫子，丹丘生，斟满酒啊，举起杯，不要停。

我要为你们唱一曲，千载难逢的唯一一次，请你们好好听。

钟鸣鼎食的富贵生活我并不在乎，可我在乎的好像永不会来了，那我宁愿在酒里沉醉不醒。

自古以来圣贤之人大都是自甘寂寞的人，大智若愚也悄无声息，好像只有那纵情善饮的人留下了传世之名。

想当年陈王曹植在平乐观设宴，他们一斗美酒一万钱地恣意开怀畅饮，多么豪迈快活！

主人你怎么能说钱已不多了呢，你尽管拿酒出来让我和朋友喝个痛快。

什么名贵难得的五花马，什么价值千金的裘皮衣，只管统统拿去换成美酒，我要与你一醉方休，让那所有的忧愁在酒里如浮云过客从此不再相逢，让那所有的失意在醉里如冰雪消融从此了无行踪。

行路难

［唐］李白

金樽（zūn）清酒斗十千，玉盘珍馐直万钱。
停杯投箸（zhù）不能食，拔剑四顾心茫然。
欲渡黄河冰塞川，将登太行雪满山。
闲来垂钓碧溪上，忽复乘舟梦日边。
行路难！行路难！多歧路，今安在？
长风破浪会有时，直挂云帆济沧海。

Hard is the Way of the World

Li Bai

Pure wine in golden cup costs ten thousand coins, good!
Choice dish in a jade plate is worth as much, nice food!
Pushing aside my cup and chopsticks,I can’t eat;
Drawing my sword and looking round,I hear my heart beat.
I can’t cross Yellow River: ice has stopped its flow;
I can’t climb Mount Taihang; the sky is blind with snow.
I poise a fishing pole with ease on the green stream
Or set sail for the sun like the sage in a dream.
Hard is the way, Hard is the way. Don’t go astray! Whither today?
A time will come to ride the wind and cleave the waves;
I’ ll set my cloud-like sail to cross the sea which raves.

金酒杯中的美酒一斗价十千，玉盘里的珍稀菜肴一盘值万钱。

但是，心绪烦闷，面对美酒佳肴也放下了杯筷，拔出宝剑环顾四周心里一片茫然、无奈。

想渡黄河时冰雪冻塞了河道，想登太行山时大雪封住了所有的山路。难道这是天意是我的命运吗？

想起当年姜太公磻溪垂钓遇见重才的周文王助周灭商，还有伊尹梦见自己乘船经过太阳旁边后来受聘商汤助商灭夏。能懂我的抱负的明君贤王什么时候会出现呢？

人生的道路啊，多么艰难，多么艰难。那么多错误的岔道，到底哪一条是对的呢？

相信乘风破浪的时机总会到来，到那时就可以高挂船帆横渡沧海。

此诗主要抒发了诗人怀才不遇的情怀，但在悲愤中不乏豪迈气概，在失意中仍怀有希望。

夜泊牛渚怀古

［唐］李白

牛渚（zhǔ）西江夜，青天无片云。
登舟望秋月，空忆谢将军。
余亦能高咏，斯人不可闻。
明朝挂帆席，枫叶落纷纷。

Mooring at Night Near Cattle Hill

Li Bai

I moor near Cattle Hill at night, when there's no cloud to fleck the sky.
On deck I gaze at the moon bright, thinking of General Xie with a sigh.
I too can chant, to what avail, none has like him a listening ear.
Tomorrow I shall hoist my sail, amid fallen leaves I' ll leave here.

秋夜，泊船在西江牛渚山边。夜空如洗，清朗朗的不见一片云。

登上船头，看见月亮，徒然怀想起东晋的谢尚将军，和他秋夜泛舟赏月时慧眼识才发现诗人袁宏的故事。

我也能和袁宏一样高声吟咏，可惜那识贤的将军已经听不到了。

明早我就挂起船帆离开了，像从来没有来过一样。年年岁岁，那山上的枫叶都会等在秋风里，静静的，一片片飘零。

此诗约作于李白青年时代名声未振之时，叙写诗人望月怀古，抒发不遇知音之伤感。全诗结构层次分明，波澜起伏，意象瑰丽，写景清新隽永而不粉饰，抒情豪爽豁达而不忸怩作态，意境高远，风格宏伟。

登新平楼

［唐］李白

去国登兹（zī）楼，怀归伤暮秋。
天长落日远，水净寒波流。
秦云起岭树，胡雁飞沙洲。
苍苍几万里，目极令人愁。

Ascending Xinping Tower

Li Bai

Leaving the capital,I climb this tower.
Can I return home like late autumn flower?
The sky is vast, the setting sun is far;
The water clear, the waves much colder are.
Clouds rise above the western-mountain trees;
O' er river dunes fly south-going wild geese,
The boundless land outspread' neath gloomy skies.
How gloomy I feel while I stretch my eyes!

离开了国都长安，登上新平城楼。正是深秋时节，满眼萧肃的景象更添了心中想回不能回的愁绪。

天空辽阔，显得落日格外远了。溪水清净，更觉寒意袭人。

层层叠叠的云从山岭上的树林那边蔓延过来，大雁纷纷飞落到沙洲上。

苍茫天地间，几万里河山，极目远望，满心惆怅。

描述了暮秋时节诗人登新平城楼远望帝都长安所见的凄凉景象，暗喻了诗人极度思念帝都长安却报国无门的忧伤之情。

登金陵凤凰台

［唐］李白

凤凰台上凤凰游，凤去台空江自流。
吴宫花草埋幽径，晋代衣冠成古丘。
三山半落青天外，二水中分白鹭洲。
总为浮云能蔽日，长安不见使人愁。

The Phoenix Terrace at Jinling

Li Bai

On Phoenix Terrace once phoenixes came to sing;
The birds are gone but still roll on the river's waves.
The ruined palace's buried under weeds in spring;
The ancient sages in caps and gowns all lie in graves.
The three-peaked mountain is half lost in azure sky;
The two-forked stream by Egret Isle is kept apart.
As floating clouds can veil the bright sun from the eye,
Imperial Court now out of view saddens my heart.

凤凰台上曾有凤凰来游，如今凤去台空只有长江依旧不停地奔流。

曾经繁华的吴国宫殿早已荒芜，野花野草已长没了花园里的小径，多少晋代的王孙贵族都已成了人们眼里荒凉的坟墓和年代久远的土丘。

三山在云雾中忽隐忽现如远在云天外，白鹭洲把一条江裁成了两支河流。

总是会有浮云遮住了太阳，看不见长安，心里多么担忧。

诗人登金陵凤凰台而创的怀古抒情之作，把天荒地老的历史变迁与悠远飘忽的传说故事结合起来，用以表达深沉的历史感喟与清醒的现实思索。气韵高古，格调悠远。体现了李白诗歌以气夺人的艺术特色。

金陵城西楼月下吟

［唐］李白

金陵夜寂凉风发，独上高楼望吴越。
白云映水摇空城，白露垂珠滴秋月。
月下沉吟久不归，古来相接眼中稀。
解道澄江净如练，令人长忆谢玄晖。

Orally Composed on the Western Tower of Jinling in Moonlight

Li Bai

The cool breeze blows on silent night in Town of Stone,
To view the south I mount the high tower alone.
White clouds and city walls mirrored on ripples swoon;
Dewdrops look like pearls dripping from the autumn moon.
Crooning long,I won’t go back; drowned in moon rays;
How few are connoisseurs in my eyes since olden days!
Seeing the river crystal-clear and silver-white,
How I miss the unforgettable poet bright!

金陵的夜真安静，凉风一阵阵地吹过来，吹得夜晚都空了，空得好像轻轻一提就可以把整个夜晚带走。我独自登上高楼，想要看看月下的吴越之地。

你看那白云和城垣倒映在江面上，水波微漾着似乎晃动了整座城。你看这露珠迎着月光像珍珠般晶莹，仿佛刚从月亮上滴落下来。

在月亮下面伫立，思念古人，久久不回。自古以来能和我心意相通的人能有几个呢。

唯有能写出“澄江净如练”这样的诗句的谢玄晖，才能令人不时想起，长久相忆。

诗中主要写的是作者夜登金陵城西楼的所见所感，苍茫、悲凉、沉郁。

谢公亭

［唐］李白

谢公离别处，风景每生愁。
客散青天月，山空碧水流。
池花春映日，窗竹夜鸣秋。
今古一相接，长歌怀旧游。

Pavilion of Xie Tiao

Li Bai

Where the two poets parted, the scene seems broken-hearted.
The moon's left in the sky; the stream flows with deep sigh.
The pool reflects sunlight; bamboos shiver at night.
The present like the past; long, long will friendship last.

每次路过从前谢公送别朋友的地方，看着四周的景物总是不由得心生感触。

主离客散，青天明月一路相送。山空林寂，唯有溪水径自轻流。

池畔的花朵在晴好的春日自开自落，窗外的竹子在秋凉的夜晚让风送来窸窸窣窣的清响。

我与古人的心意如此息息相通，忍不住高歌一曲以纪念谢公的昔日旧游。

谢公亭是为纪念谢朓所建，谢朓任宣城太守时，曾在这里送别诗人范云。

此诗作于天宝十二载（753 年）李白游宣城时。全诗表现了作者对人间友情的珍视，也表现了李白美好的精神追求和高超的志趣情怀。

望岳

［唐］杜甫

岱宗夫如何，齐鲁青未了。
造化钟神秀，阴阳割昏晓。
荡胸生层云，决眦（zì）入归鸟。
会当凌绝顶，一览众山小。

Gazing on Mount Tai

Du Fu

O peak of peaks, how high it stands! one boundless green overspreads two States.
A marvel done by Nature's hands, over light and shade it dominates.
Clouds rise therefrom and lave my breast; I stretch my eyes to see birds fleet.
I will ascend the mountain's crest; it dwarfs all peaks under my feet.

泰山的景象怎么样？在齐鲁大地上，那青翠的山色绵延不绝仿佛永远没有尽头。

自然的造化在这里聚集了所有的钟灵毓秀，南山和北山如同早晨和晚上，明暗有别，风景截然不同。

看云雾升腾，荡涤了胸怀。望归鸟入林，几乎睁裂了眼睛。

一定要登上泰山峰顶，俯瞰群山，过过“人在山顶、众山皆小”的瘾。

唐玄宗开元二十四年（736年），二十四岁的诗人北游齐、赵等地时所作。诗中热情赞美了泰山高大巍峨的气势和神奇秀丽的景色，表达了诗人敢攀顶峰、俯视一切的雄心和气概，以及卓然独立、兼济天下的豪情壮志。

蜀相

［唐］杜甫

丞相祠堂何处寻，锦官城外柏森森。
映阶碧草自春色，隔叶黄鹂空好音。
三顾频烦天下计，两朝开济老臣心。
出师未捷身先死，长使英雄泪满襟。

Temple of the Premier of Shu

Du Fu

The Premier's Temple's in the shade, of cypress woven with brocade.
The steps are green with grass in spring; in vain amid leaves orioles sing.
Consulted thrice on state affair, he served two reigns beyond compare.
He died before he won success. could heroes' tears not wet their dress?

丞相的祠堂到哪里去找？在锦官城外柏树最茂盛的地方。

门庭寂寂。不知不觉漫上石阶的绿草自成一片春色。隔着树叶的黄鹂鸟徒然婉转着它的好声音。

全天下都知道刘备三顾茅庐后丞相为天下大计操碎了心，都知道他辅佐两代君主忠心耿耿。

可惜出师还没取得最后的胜利他就病死了，常使后世英雄为他扼腕叹息，为他泪满衣襟。

唐肃宗上元元年（760年）春天，杜甫初至成都探访诸葛武侯祠，写下了这首感人肺腑的千古绝唱，抒发了诗人对诸葛亮才智品德的崇敬和功业未遂的感慨。

禹庙

[唐] 杜甫

禹庙空山里，秋风落日斜。
荒庭垂橘柚yòu，古屋画龙蛇。
云气生虚壁，江声走白沙。
早知乘四载，疏凿záo控三巴。

Temple of Emperor Yu

Du Fu

Your temple stands in empty hills, the autumn breeze with sunset fills.
Oranges still hang in your courtyard; dragons on your old walls breathe hard.
Over green cliff float clouds in flight; the river washes the sand white.
On water as on land you'd go; to dredge the streams and make them flow.

寂寞空山里，禹庙静静伫立，还有萧瑟的秋风和斜照的落日余晖。

荒凉的院内，高高的橘柚树上果实累累，古屋的墙壁上画满了大禹治水驱赶龙蛇的典故。

缥缈的云雾在空旷的峭壁上缭绕，奔腾的波涛似乎要卷走岸边的白沙。

遥望三峡，心潮澎湃。早就知道大禹乘着“四载”到处凿山疏通水道，终于控制了三巴地区肆虐的洪水。现在有幸亲眼见证他的治水成就，更加佩服他泽被万代的丰功伟绩。

全诗语言凝练，意境深邃。诗人讴歌了大禹治水泽被万代的丰功伟绩，同时也抒发了爱国忧民的思想。写作章法严谨，整体气象宏丽，是咏史怀古的佳作。

江汉

[唐] 杜甫

江汉思归客，乾坤一腐儒。
片云天共远，永夜月同孤。
落日心犹壮，秋风病欲苏。
古来存老马，不必取长途。

On River Han

Du Fu

On River Han my home thoughts fly,
Bookworm with worldly ways in fright.
The cloud and I share the vast sky;
I'm lonely as the moon all night.
My heart won't sink with sinking sun;
West wind blows my illness away.
A jaded horse may not have done,
Though it cannot go a long way.

在江汉漂泊的想故乡却回不去老家的人啊，在天地间只是一迂腐的老书生。

望着那远浮天边的片云和暗夜孤悬的月亮，我似乎与云共远、与月同孤。

我虽然已年老多病，但雄心壮志犹在，病体也正在飒飒秋风中渐渐康复。

自古以来养着老马，从来不是指望它有体力跑长途，而是因为其智可用。

这首诗是杜甫五十七岁时所作。此时的杜甫历经磨难，北归已经无望，且生活日益困窘。该诗描写了诗人漂泊在江汉一带的所见所感，以及自己并未因处境困顿和年老多病而悲观消沉，集中地表现了“烈士暮年，壮心不已”的精神。

登幽州台歌

［唐］陈子昂

前不见古人，后不见来者。
念天地之悠悠，独怆然而涕下！

On the Tower at Youzhou

Chen Zi' ang

Where are the great men of the past
And where are those of future years?
The sky and earth forever last;
Here and now I alone shed tears.

独上幽州台。天高，地远，人微渺。

往前看不见古代礼贤下士的圣君，向后望不到后世重视人才的明君。

想到那苍茫天地悠悠无限，想到人生多么短暂，而自己空有一身才华、一腔热血却壮志难酬，忍不住独自伤心潸然泪下。

诗短，却深刻表现了诗人怀才不遇、寂寞无聊的情绪。语言苍劲奔放，富有感染力，是历来传诵的名篇。

登鹳雀楼

［唐］王之涣

白日依山尽，黄河入海流。
欲穷千里目，更上一层楼。

On the Stork Tower

Wang Zhihuan

The sun along the mountain bows;
The Yellow River seawards flows.
You will enjoy a grander sight;
By climbing to a greater height.

站在鹳雀楼上。

看夕阳贴着山峦缓缓落下，看黄河向着大海狂奔而去。

如果想把千里的风景都尽收眼底，还得再登上更高的一层楼。

此诗是唐代诗人王之涣仅存的六首绝句之一。写这首诗的时候，王之涣年仅三十五岁。清代诗评家认为："王诗短短二十字，前十字大意已尽，后十字有尺幅千里之势。"这首诗是唐代五言诗的压卷之作，王之涣因这首五言绝句而名垂千古，鹳雀楼也因此诗而名扬中华。

王之涣（688–742年），唐代诗人。字季凌，祖籍晋阳（今山西太原），其高祖迁至绛州（今山西绛县）。讲究义气，豪放不羁，常击剑悲歌。其诗多被当时乐工制曲歌唱，以善于描写边塞风光著称。用词十分朴实，造境极为深远。传世之作仅六首诗。

凉州词

［唐］王之涣

黄河远上白云间，一片孤城万仞山。
羌笛何须怨杨柳，春风不度玉门关。

Out of the Great Wall

Wang Zhihuan

The Yellow River rises to the white cloud;
The lonely town is lost amid the mountains proud.
Why should the Mongol flute complain no willow grow?
Beyond the Gate of Jade no vernal wind will blow.

远远望去，波涛汹涌的黄河像一匹逶迤的丝缎飞上了云端。那里有一片孤零零的城池矗立在荒寂的高山之中。

羌笛何苦吹起那支哀怨的《折杨柳》曲徒增戍边者的离愁呢，春风从来不到玉门关来，哪来的杨柳可折？

这首诗写出了戍边者不得还乡的离情别怨，但写得悲壮苍凉，没有衰萎颓唐的情调，表现出诗人广阔的胸襟。也许正因为《凉州词》情调悲而不失其壮，所以成了“唐音”的典型代表。

酬乐天扬州初逢席上见赠

［唐］刘禹锡

巴山楚水凄凉地，二十三年弃置身。
怀旧空吟闻笛赋，到乡翻似烂柯人。
沉舟侧畔千帆过，病树前头万木春。
今日听君歌一曲，暂凭杯酒长精神。

Reply to Bai Juyi Whom I Met for the First Time at a Banquet in Yangahou

Liu Yuxi

O Western Mountains and Southern Streams desolate,
Where I, an exile, lived for twenty years and three!
To mourn for my departed friends I come too late;
In native land I look but like human debris.
A thousand sails pass by the side of sunken ship;
Ten thousand flowers bloom ahead of injured tree.
Today l hear you chant the praises of friendship
I wish this cup of wine might well inspirit me.

在巴山楚水这样凄凉的地方，度过了二十三年沦落得几乎要放弃自己的光阴。

怀念故友，悲从中来，徒然吟诵闻笛小赋。贬谪归来，故乡已是物是人非，恍若隔世。

沉船的边上有千千万万条船经过，生病的树前万木竞相争春。新的草木，新的事物，新的境遇，总会络绎不绝地来到眼前，每一天都是新的开始。

今天听了你为我吟诵的诗篇，暂且先借这杯美酒一起重新振奋精神吧。

此诗作于唐敬宗宝历二年（826年），刘禹锡罢和州刺史返回洛阳，同时白居易从苏州返洛阳，二人在扬州初逢时，白居易在宴席上作诗赠予刘禹锡，刘禹锡写此诗作答，显示自己对世事变迁、仕宦升沉的豁达襟怀，和认同新事物必将取代旧事物的乐观精神。

再游玄都观

［唐］刘禹锡

百亩庭中半是苔（tái），桃花净尽菜花开。
种桃道士归何处，前度刘郎今又来。

The Taoist Temple Revisited

Liu Yuxi

In half of the wide courtyard only mosses grow;
Peach blossoms all fallen, only rape-flowers blow.
Where is the Taoist planting peach trees in this place?
I come after I fell again into disgrace.

又见玄都观。

空空荡荡的，偌大的百亩庭院里一半地上长满了青苔，盛放的桃花默默凋谢了，菜花开得正欢。

当年种桃树的观中的道士不知道去了哪，从前在这里看过桃花的刘郎倒是今天又来到了这里。

此诗是诗人文学家刘禹锡借写游观访当年的桃花盛景不遇隐喻人事世事的变迁轮转，向当年打击自己的权贵挑战，表现了诗人不屈不挠的坚强意志。

乌衣巷

［唐］刘禹锡

朱雀桥边野草花，乌衣巷口夕阳斜。
旧时王谢堂前燕，飞入寻常百姓家。

The Street of Mansions

Liu Yuxi

Beside the Bridge of Birds rank grasses overgrow;
Over the street of Mansion the setting sun hangs low.
Swallows which skimmed by painted eaves in days gone by,
Are dipping now in homes where humble people occupy.

春日，黄昏。

清冷的朱雀桥边长满了野草野花，荒芜了车水马龙的曾经喧哗。萧瑟的乌衣巷口夕阳斜照，寂寥了车马喧阗的旧日繁华。

旧时年年在王导、谢安两家堂前衔泥筑巢的燕子，如今早已飞进寻常的百姓家了。

怎不令人心生惆怅？

唐敬宗宝历二年（826 年），刘禹锡途经金陵（今南京）所写。此诗凭吊昔日秦淮河上朱雀桥和南岸的乌衣巷的繁华鼎盛，感慨沧海桑田、人生多变。

石头城

［唐］刘禹锡

山围故国周遭在，潮打空城寂寞回。
淮水东边旧时月，夜深还过女墙来。

The Town of Stone

Liu Yuxi

The changeless hills round ancient capital still stand;
Waves beating on ruined walls, unheeded, roll away.
The moon which shone by riverside on flourished land
Still shines at dead of night over ruined town today.

群山依旧，寸步不离地围绕着已经荒芜的古都。潮水依旧，不断拍打着空城又寂寞无奈地退回。江山依旧，而繁华欢娱转眼成空，富贵风流都成过眼烟云。

只有那旧时的月亮依然从秦淮河东边升起，夜深时还翻过墙来，或许是等待，或许是怀念。

诗人把石头城放到群山、江潮、淮水和月色中写，更显出古城的荒凉和寂寞。他在朝廷昏暗、权贵荒淫、宦官专权、藩镇割据、危机四伏的中唐时期，写下这首怀古之作，慨叹六朝之兴亡，显然是有引古鉴今的现实意义。

金陵怀古

［唐］刘禹锡

潮满冶城渚，日斜征虏(lǔ)亭。
蔡洲新草绿，幕府旧烟青。
兴废由人事，山川空地形。
后庭花一曲，幽怨不堪听。

Memories at Jinling

Liu Yuxi

The tide overwhelms the forge's site,
The tower drowned in slanting sunlight.
The islet covered with grass green,
And hills are veiled by a smoke screen.
Man decides a state's rise and fall,
Hills and streams can do nothing at all.
O hear the captive ruler's song!
How can you bear his grief for long?

汹涌的潮水淹没了冶城的沙洲，落日的余晖斜照在征虏亭上。

蔡洲上的新草已绿成一片绒毯，幕府山上仍是旧日的雾霭青青。

国家的兴亡取决于人事，山河也空有险峻的地形。

《玉树后庭花》这支亡国曲，凄婉哀怨得令人不忍再听。

此诗前半部分写所见之景，点出与六朝有关的金陵名胜古迹，以暗示千古兴亡之所由，而不是为了追怀一朝、一帝、一事、一物；后半部分通过议论和感慨借古讽今，揭示出全诗主旨。全诗炼字极为精妙。

金缕衣

〔唐〕无名氏

劝君莫惜金缕衣，劝君惜取少年时。
花开堪折直须折，莫待无花空折枝。

The Golden Dress

Anonymous

Love not your golden dress,I pray,
More than your youthful golden hours.
Gather sweet blossoms while you may,
And not the twig devoid of flowers!

不要太顾惜华美的金缕衣，一定要好好珍惜宝贵的少年时。莫负好时光。

如同枝头开得正好的花一定要及时摘取，不要等到花落了才去折空枝。行乐须及时。

此诗是唐朝时期的一首七言乐府。这是一首富有哲理性、含义隽永的小诗，它提醒人们不要重视荣华富贵，而要爱惜少年时光，它可以说是劝喻人们要及时摘取爱情的果实，也可以说是启示人们要及时建立功业，内涵极其丰富。

无名氏。如同风中的一缕香，岁月记住了它的香味，却未及留下它的名字。

黄鹤楼

［唐］崔颢

昔人已乘黄鹤去，此地空余黄鹤楼。
黄鹤一去不复返，白云千载空悠悠。
晴川历历汉阳树，芳草萋萋鹦鹉洲。
日暮乡关何处是？烟波江上使人愁。

Yellow Crane Tower

Cui Hao

The sage on yellow crane was gone amid clouds white.
To what avail is Yellow Crane Tower left here?
Once gone, the yellow crane will not on earth alight;
Only white clouds still float in vain from year to year.
By sunlit river trees can be counted one by one;
On Parrot Islet sweet green grass grows fast and thick.
Where is my native land beyond the setting sun?
The mist-veiled waves of River Han makes me homesick.

传说中的仙人早已乘着黄鹤飞走了，只留下一座空空的黄鹤楼，立在年复一年的风花雪月里。

那黄鹤离开后再也没有回来，唯有白云千年百年的在这里空等。

晴空下，隔江相望，汉阳城里的树木清晰可见、历历在目，还有鹦鹉洲上茂盛葱郁的草地。

暮色渐起，倦鸟归巢，何处是我的家乡呢？那江上的烟波浩渺使人更加忧愁。

此诗有“意中有象、虚实结合”的意境美，又有“气象恢宏、色彩缤纷”的绘画美，别样的美学意蕴成就了此诗，使之成为千古传颂的名篇佳作。

崔颢（约704—754年），唐代诗人。汴州（今河南开封市）人。他秉性耿直，才思敏捷，其作品激昂豪放，气势宏伟。他最为人称道的是那首《黄鹤楼》，据说李白为之搁笔，曾有“眼前有景道不得，崔颢题诗在上头”的赞叹。《全唐诗》存其诗四十二首。著有《崔颢集》。

巫山曲

［唐］孟郊

巴江上峡重复重，阳台碧峭（qiào）十二峰。
荆（jīng）王猎时逢暮雨，夜卧高丘梦神女。
轻红流烟湿艳姿，行云飞去明星稀。
目极魂断望不见，猿啼三声泪滴衣。

Song of the Mountain Goddess

Meng Jiao

Going upstream,I see mountain on mountain high;
The twelve green peaks with Sunny Terrace scrape the sky.
The king in hunting caught by sudden evening shower
Slept there and dreamed of the Goddess in Sunny Bower.
To her charm added the mist-veiled rainbow dress bright;
Away she flew with faded stars and clouds in flight.
However far I stretch my eyes, she can't be found;
Hearing the monkey's wail, in longing tears I'm drowned.

沿着巴江上溯，三峡中数不尽的山重水复。经过阳台山，看见了碧绿奇峭的巫山十二峰。

传说中，荆王在巫山狩猎时遇上了黄昏的大雨，夜晚留宿高山上时梦见了巫山神女。

云霞山岚和着微雨打湿了神女的美丽姿容，星稀破晓时分神女化作朝云飞走。

从此望眼欲穿再也望不见神女身影，听着猿猴悲啼，不知不觉间泪水打湿了衣襟。

诗人将自己的所思所想和神女峰的传说、峡中景色完美地融在了一起，传神地表达出了诗人在行舟峡中的特殊感受。

登乐游原

［唐］李商隐

向晚意不适，驱车登古原。
夕阳无限好，只是近黄昏。

On the Plain of Imperial Tombs

Li Shangyin

At dusk my heart is filled with gloom;
I drive my cab to ancient tomb.
The setting sun seems so sublime,
But it is near its dying time.

傍晚，心情郁闷，遂驾车去乐游原，登高，看风景，散心。

夕阳多么好啊，余晖映照，晚霞满天，景致如画。可惜黄昏已近，一切美好都稍纵即逝。

描写了诗人于秋日夜晚登临乐游原的所思所感。当时国家正值战乱之际，诗人因奸人诬陷被贬，内心惆怅，来到乐游原，看到眼前这曾经繁华的园林已经衰败不堪，作此诗抒发胸中块垒。

咏史

［唐］李商隐

北湖南埭dài水漫漫，一片降旗百尺竿。
三百年间同晓梦，钟山何处有龙盘？

On History

Li Shangyin

Water shimmers in Northern Lake and by Southern Tower,
All kings surrendered with white flags to a new power.
Three hundred years have passed like a dream one and all;
No Coiling Dragon could keep kingdoms from downfall.

看过彩舟轻掠，听过笙歌不绝，如今的玄武湖只剩一片汪洋。一片降旗高悬在百尺之杆上。

三百年间六个朝代更迭消逝，都如晓梦一场，如露亦如电，金陵钟山哪里有龙盘？

此诗熔写景、议论于一炉，描写了一幅饱经六朝兴废的湖山图画，表达了诗人无穷的感慨与讽刺意味。

渡汉江

［唐］宋之问

岭外音书断，经冬复历春。
近乡情更怯，不敢问来人。

Crossing River Han

Song Zhiwen

I longed for news on the frontier
From day to day, from year to year.
Now nearing home, timid I grow,
I dare not ask what I would know.

远在岭南，车马难抵，很久没有亲人的音信了。孤单寂寞中好不容易熬过了漫长的冬天又经历了悠长的春日。

终于踏上了归途，可是离故乡越近心里越是紧张害怕。渡汉江时遇到从故乡来的人，几次话到嘴边，终究还是没敢上前打听家人的消息。

此诗是诗人久离家乡而返归途中所写，满含对亲人的挚爱之情和游子归乡时激动、不安等复杂心理。全诗语言浅近，自然至美。

宋之问（约 656—712 年），唐代诗人，一名少连，字延清，汾州（今山西汾阳）人，一说虢州弘农（今河南灵宝）人。高宗上元二年（675 年）进士，官至考功员外郎。多歌功颂德之作，文辞华靡。律体形式完整，对律诗体制的定型颇有影响。原有集，已散佚。

汴河怀古

［唐］皮日休

尽道隋亡为此河，至今千里赖通波。
若无水殿龙舟事，共禹论功不较多。

The Great Canal

Pi Rixiu

The Great Canal was blamed for the Sui Empire's fall,
But on its waves the goods and food are brought to all.
Could the flood-fighting emperor do anything more,
Than the Sui dragon-boats of three stories or four?

都传说隋朝的灭亡是因为开凿这条河，可是至今千里通行还要依赖这条河。

如果没有造水殿、龙舟并华服、彩饰徜徉运河首尾相连300余里的奢靡享乐之事，隋炀帝的功绩大概和大禹也不相上下。可是，哪有如果可以重来呢？

此诗从隋亡于大运河这种论调说起，然后批驳了这种观点，从历史的角度对隋炀帝的是非功过进行了评价。

皮日休，唐代文学家。字逸少，后改袭美。襄阳人（今属湖北）。早年居鹿门山，自号鹿门子、间气布衣等。唐懿宗咸通八年（867年）进士，曾任太常博士。后参加黄巢起义军，任翰林学士。诗文与陆龟蒙齐名，人称“皮陆”。有《皮子文薮》。

泊秦淮

［唐］杜牧

烟笼寒水月笼沙，夜泊秦淮近酒家。

商女不知亡国恨，隔江犹唱后庭花。

Moored on River Qinhuai

Du Mu

Cold river with sand bars veiled in misty moonlight,
I moor on River Qinhuai near wineshops at night.
The songstress knowing not the grief of conquered land,
Still sings the song composed by a captive king's hand.

入夜，烟雾如纱笼罩着水面，月光如雪照亮了沙洲。挨着酒家，我把船泊在了秦淮河上。

一阵风，吹过来隐约的歌声。卖唱的歌女不懂得亡国的悲伤和仇恨，竟然依旧在对岸唱着《后庭花》。

诗人夜泊秦淮河，眼见声色歌舞，想到唐朝国势日衰，当权者昏庸荒淫，感慨万千，遂写下此诗。

赤壁

［唐］杜牧

折戟（jǐ）沉沙铁未销，自将磨洗认前朝。
东风不与周郎便，铜雀春深锁二乔。

The Red Cliff

Du Mu

We dig out broken halberds buried in the sand
And wash and rub these relics of an ancient war.
Had the east wind refused General Zhou a helping hand,
His foe'd have locked his fair wife on Northern shore.

看到一支深埋在泥沙里的折断的战戟，将它磨洗后发现是当年赤壁之战的遗物，六百年的时光居然藏起了它的锋芒，却没把它销蚀掉。

假如当年东风不助力周瑜，假如上天不予周瑜借东风的便利，恐怕历史会重写，曹操也许会赢，而二乔大概会被锁进铜雀台。

谁能想到呢？人的命运和历史的改变，居然是因为一阵风的经过。

这首诗是诗人经过著名的古战场赤壁（今湖北省江夏区西南赤矶山），观赏了古战场的遗物，有感于三国时代的英雄成败而写下的。

滕王阁诗

［唐］王勃

滕王高阁临江渚zhǔ，佩玉鸣鸾luán罢歌舞。
画栋朝飞南浦pǔ云，珠帘暮卷西山雨。
闲云潭影日悠悠，物换星移几度秋。
阁中帝子今何在？槛kǎn外长江空自流。

Prince Teng' s Pavilion

Wang Bo

By riverside towers Prince Teng's Pavilion proud,
But gone are cabs with ringing bells and stirring strain.
At dawn its painted beams bar the south-flying cloud;
At dusk its uprolled screens reveal western hills' rain.
Leisurely clouds hang o'er still water all day long;
Stars move from spring to autumn in changeless sky.
Where is the prince who once enjoyed here wine and song?
Beyond the rails the silent river still rolls by.

高高的滕王阁，静静矗立在赣江边。

那些鸾铃鸣响、环佩叮当的人纷纷赶赴阁上歌舞宴会的盛况不再，如一场大雪倏然消逝在岁月深处，无声无息。

早晨，画栋边轻轻掠过从南浦飞来的绚丽朝云。傍晚，珠帘徐徐卷起西山飘过来的如烟暮雨。

悠闲的云影天天在水面上悠悠荡荡，浑然不觉物换星移不知岁月已几番重来。

那高阁中的滕王如今在哪里呢？只有那栏杆外的浩浩长江兀自流淌着，日日夜夜从不停息。

此诗附在作者的名篇《滕王阁序》后，概括了序的内容。全诗在空间、时间双重维度展开对滕王阁的吟咏，气度高远，境界宏大，与《滕王阁序》可谓双璧同辉，相得益彰。

凉州词

［唐］王翰

葡萄美酒夜光杯，欲饮琵琶马上催。

醉卧沙场君莫笑，古来征战几人回？

Starting for the Front

Wang han

With wine of grapes the cups of jade would glow at night;
Drinking to pipa songs,we are summoned to fight.
Don’t laugh if we lay drunken on the battleground!
How many warriors ever came back safe and sound.

甘醇的葡萄酒斟满了精美绝伦的夜光杯，急促欢快的琵琶声催促将士们举杯痛饮。

即使醉卧沙场，也请诸君莫笑，从古到今，有几人能从征战中全身而回？天地男儿，既能一醉方休，也能视死如归。

王翰写有《凉州词》两首，慷慨悲壮，广为流传。这首《凉州词》被誉为咏边塞情景之名曲。明代王世贞推为唐代七绝的压卷之作。全诗写艰苦荒凉的边塞的一次盛宴，描摹了征人们开怀痛饮、尽情酣醉的场面。表现出浓郁的边地色彩和军营生活的风味。

王翰，唐朝诗人，字子羽，并州晋阳（今山西太原）人。睿宗景云元年（710 年）进士。性豪放，喜游乐饮酒，恃才不羁。《全唐诗》留其诗一卷十三首，其中《凉州词》“葡萄美酒夜光杯”为世人广为传诵。

使至塞上

［唐］王维

单车欲问边，属国过居延。
征蓬出汉塞，归雁入胡天。
大漠孤烟直，长河落日圆。
萧关逢候骑，都护在燕然。

On Mission to the Frontier

Wang Wei

A single carriage goes to the frontier;
An envoy crosses northwest mountains high.
Like tumbleweed I leave the fortress drear;
As wild geese I come under Tartarian sky.
In boundless desert lonely smokes rise straight;
Over endless river the sun sinks round.
I meet a cavalier at the camp gate;
In northern fort the general will be found.

轻车简从，去慰问守卫边疆的官兵。我要去的地方远过了居延。

像随风远飞的蓬草飘出汉塞，像孤旅北飞的归雁飞入了胡人的领地。

浩渺的沙漠中一柱燧烟直上云天，风吹不斜。无尽的黄河上一轮落日浑圆，苍茫生暖。

到了萧关遇到侦察的骑兵，他们告诉我都护府的长官尚在燕然前线。

唐玄宗开元二十五年（737年）春，唐玄宗命王维以监察御史的身份奉使凉州，出塞宣慰，察访军情，并任河西节度使判官，实际上是将王维排挤出朝廷。这首诗作于出塞途中，抒发了作者漂泊天涯的悲壮情怀和孤寂之情。载于《全唐诗》卷一百二十六。

汴河曲

［唐］李益

汴水东流无限春，隋家宫阙已成尘。
行人莫上长堤望，风起杨花愁杀人。

Song of River Bian

Li Yi

The River Bian flows eastward, overwhelmed with spring;
To dust have gone ruined palaces and their king.
Don't gaze afar from the long bank of willow trees!
The willow down will grieve your heart when blows the breeze.

汴河之水悠悠东流，堤岸上花红叶绿无限春色。虽然春光依旧，曾经的隋朝宫殿已坍塌荒芜，所有辉煌都成过往，如灰如尘。

来来去去的行人啊，千万别上长堤上张望，起风时那漫天起舞的杨花会愁煞人。

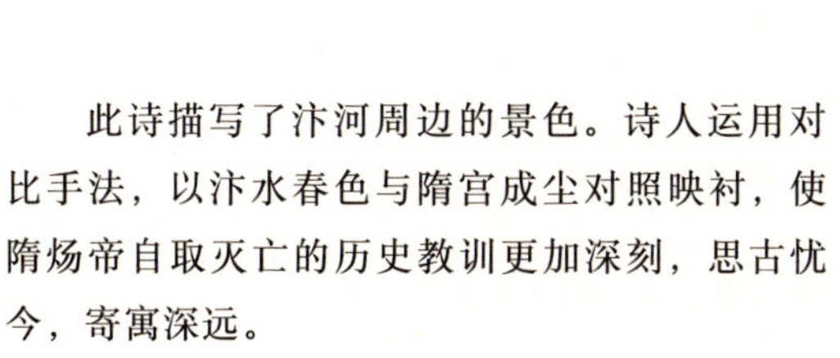

此诗描写了汴河周边的景色。诗人运用对比手法，以汴水春色与隋宫成尘对照映衬，使隋炀帝自取灭亡的历史教训更加深刻，思古忧今，寄寓深远。

黄陵庙

［唐］李群玉

小姑洲北浦云边，二女啼妆自俨(yǎn)然。

野庙向江春寂寂，古碑无字草芊芊。

风回日暮吹芳芷(zhǐ)，月落山深哭杜鹃。

犹似含颦(pín)望巡狩，九嶷如黛隔湘川。

The Temple of Emperor Shun's Wives

Li Qunyu

North of the Maiden's Islet, by the riverside,
The two princesses shed tears in attire dignified.
The temple faces the river in lonely spring.
What could the wordless monument amid grass sing?
At sunset blows the breeze among the clovers white;
The cuckoos cry in hills from moon-down till deep night.
The princesses seem to gaze on Nine Peaks in dream.
Where was buried their emperor beyond the stream.

去看黄陵庙。

小姑洲的北面，云水苍茫处。黄陵庙里的娥皇、女英二妃妆容如新，栩栩如生。

荒僻的庙宇面向着寂寥的江和寂寞的春色，还有周围被风雨剥蚀了字迹的碑碣和萋萋的荒草。

暮色中，晚风吹动了江上的香芷。深山里，月落惊起了杜鹃的哀啼。

二妃依然痴痴地蹙眉盼望舜帝巡狩归来。隔着湘水，九嶷山山色如黛，静默无言。

此诗通过对黄陵庙的荒凉寂寞和庙中栩栩如生的二妃塑像的描述，表达了二妃音容宛在、精诚不灭，而岁月空流、人世凄清的悲凉情绪。

李群玉，唐代澧州人，极有诗才。《全唐诗·李群玉小传》载，早年杜牧游澧时，劝他参加科举考试，但他“一上而止”，宰相裴休视察湖南，郑重邀请李群玉再作诗词，他“徒步负琴，远至辇下”，进京向皇帝奉献自己的诗歌“三百篇”。唐宣宗“遍览”其诗，称赞“所进诗歌，异常高雅”，并赐以“锦彩器物”，“授弘文馆校书郎”。

图书在版编目（CIP）数据

林深见鹿：美得窒息的唐诗：英汉对照 / 陆苏著；许渊冲译. -- 武汉：长江文艺出版社，2020.4（2023.6重印）
ISBN 978-7-5702-1447-1

Ⅰ. ①林… Ⅱ. ①陆… ②许… Ⅲ. ①唐诗—诗歌欣赏—英、汉
Ⅳ. ①I207.227.42

中国版本图书馆 CIP 数据核字（2020）第003163号

责任编辑：薛纪雨　刘文文　　责任校对：韩　雨
封面设计：棱角视觉　　责任印制：张　涛

出版：长江出版传媒 | 长江文艺出版社
地址：武汉市雄楚大街 268 号　　邮编：430070
发行：长江文艺出版社
北京时代华语国际传媒股份有限公司　（电话：010-83670231）
http：//www.cjlap.com
印刷：河北盛世彩捷印刷有限公司

开本：787毫米 ×1092 毫米　1/32　　印张：11.5
版次：2020年4月第1版　　2023年6月第23次印刷
字数：320千字

定价：49.80 元